雨やどり

竹内凱子

目次

境界に立つ

①ハリケーン・鹿之介

日系二世の鹿之介が日本の土を踏むのは今回が二回目で、しかも戦後の一九四九年以来、約四十年ぶりのことになる。「来日する」という、突然のニュースは歩美の兄、昭雄からその日のうちに妹たちに流された。鹿之介との交信が途絶えてから四十年近くの歳月が流れている。連絡を受けて戸惑ったのは歩美ばかりではない。普段はそれぞれ自分たちの家族のことで手一杯という感じで、疎遠になりがちだった兄弟、姉妹、いとこたちの間に電話が忙しく取り交わされた。誰も、彼の現在のはっきりした映像を持っていない。来日まで三週間しかない。まごまごしているうちに、彼の来日の予定日は来た。当日は都合のつく東京、横浜など関東圏に住んでいる従姉や、その夫、M市に住んでいる歩美の四人が成田の空港へ迎えに出た。何のトラブルがあったのか、到着は三時間遅れるという。四人は成田山詣ででもして時間を潰そうということに意見が一致した。

——平将門の乱か……。

——あれーっ。まさか神田明神にお参りしてきた人はいないよね。

——ないない。その昔、息子の受験の時、うちのかみさん、お参りにいったような気がするけれど。

――平安時代の話ですよね。将門誅滅の祈願？

四人でうろ覚えの知識を披露しながら、それでも一応神妙な顔をして手を合わせたりした。季節はずれのウィークデイのせいか人影もほとんどない。樹齢何百年という樹が端然と並んでいる参道に立つと、都会では味わえない緑の風が頬を撫ぜ、高い木立ちから降ってくる蝉の声さえ、これから始まる一夏の前触れを告げている応援歌のように感ぜられるのだった。

第二次世界大戦が終結した翌年の一九四六年の夏、鹿之介はアメリカの進駐軍の一人として初めて両親の母国である日本の土を踏んだ。両親と妹のユーミはその頃はまだ日系人強制収容所で暮らしていた。鹿之介の両親は、三人の子どもに小学生の時から学校が終わると夕方まで日本語学校に通わせ、日本語教育もしていたが、次男の賢二と末っ子の一人娘ユーミは鹿之介ほど日本語に熱心ではなかった。賢二が利かん気の強い暴れん坊ということもあっただろうし、時代の流れもあった。強制収容所では、鹿之介はキャンプの中で日本語の指導をして、行政側からも日本人側からも信頼されていた。一方、弟の賢二は国家に忠誠を誓うアメリカ市民としての身の振り方を迫られた時、両親、兄に相談すらしないで陸軍を志願し、四四二連隊に配属されて最前線に出た。

歩美たち一家はといえば、日本が敗戦を迎える一年前に、富士山の裾野の町、M市に疎開してきた。父親はすでにこの戦争で四隻の艦隊と共に南の海で消え、妻である歩美の母親の手元に戻ってきた骨壺には、夫が愛用していたトランペットのマウスが一個、白布に包まれて入っていただけだった。戦争が終わっても親戚も知人もいない疎開先で母と子が心細く暮らしている歩美の家に、日本に進駐してきた鹿之介が突然訪ねてきた。兄の昭雄も姉の和子も家にいたのだから、土曜日の午後だったのだろうか。歩美はその時はまだ中学校に入る前の年だった。街を闊歩している進駐軍を見ると、そっと避けて通るのがその頃の庶民の知恵であり、女性は特にそうだった。「ギブ・ミー・チョコレート」と言ってジープのあとや、GIのあとを追いかけている子供たちの写真が新聞の社会面に載ったりしたのもこの頃だったが、やはり避けて通るのが大方の庶民の常識だった。その頃すでに、アメリカ兵を恐れと憧れを込めて「GI」と呼ぶのが定着していた。大人の中には複雑な思いを抱き、いささかの軽侮の意も込めて「GI」と呼んでいたことも確かだった。

そのGIの制服を着た青年が玄関先に立っている。母親は外出している。歩美の兄も姉も目を見開いたまま突っ立っている。彼は固まったままの三人に向かって、「ここは外村さんの家ですか?」と、ゆっくりした口調で尋ねた。「そうですけど」とほとんど声にならない声で答える兄の顔を見ながら、彼は「じゃあ、ユーがアキオ?」。オーッとか何とか大きな声を出して、派手にハグした後、あっけにとられている三人に向かって自己紹介をした。彼の母親は歩美たちの母親の姉であり、したがって、GIの制服を着た彼と歩美たちは血のつながったいとこなのだ。戦争を挟んで日本とアメリカのはざ間で消息を絶ったままだった鹿之介や歩美たちの母親の二人の姉妹は、戦争が終わっても一方は収容所、一方は疎開先という不自由な暮らしのまま、音信不通だった。日本に駐留軍としてきた鹿之介は、母親から聞いた昭雄の父親の線をたぐって、歩美たちの消息を確かめたのだそうだ。

昭雄はアメリカに伯母一家がいること。日系二世の年上の従兄がいることを母親から聞いていたので、すぐ落ち着きを取り戻した。鹿之介は日本に着いたら、休暇を利用して北海道から広島まで父方、母方の親戚を一軒ずつ訪問し、その消息を必ず知らせると両親に約束して来たのだと話した。

「母さんは、アキオの母に一番会いたがっていたよ。たった一人の妹だからね」

「うん。うちの母も同じだと思うよ。アメリカの伯母さんの話はよく聞かされたから」

「ボクの駐留先は横浜だから、横浜にいる母さんの兄とは一番早く連絡がつくと信じていたんだけれど、疎開したままらしいよ。ボクたちも収容所に入っていたしね。知っていた？　強制収容所にいたっていうこと」

「おやじから、その情報は母の方に入っていたらしいよ」

「オジヤ？　オジヤって誰のこと？」

「ごめん。オ・ヤ・ジだよ。つまり、父親のこと。スラングといえばわかるのかなあ」

「OK、OK。アキオのオヤジ、そういう情報を知ることのできるセクションにいたんだね。日本の政府に問い合わせたらすぐわかったよ。だからここの住所を探すこともできたんだ。ついでにアキオのオヤジの死んだことも、その時わかった」

伯父の疎開先の住所はすぐわかりますが、もう、横浜に家族全員戻ってきているはずです。などと話しているうちに妹と弟を連れて外出していた母親も帰ってきた。みんなそろったところで、鹿之介の持ってきたカメラで写真を撮した。この写真送ったらママは喜ぶよ。もちろん、オジヤもね。オヤジだよと昭雄が訂正した。

アメリカの大型爆撃機Ｂ29の、連日連夜の焼夷弾の集中攻撃にあった日本は大都市、中都市の区別もなく、国中が焼け野原となり、さらに広島と長崎には原子爆弾が投下された。敗戦国日本は、住むところも、着るものも、食べるものも、すべてのものに極端に窮乏していた。歩美のところとて例外ではなかった。例外どころかお尻に火がついたように慌てて引っ越して来た疎開先で、それでも幸いなことに住んでいた家が焼け残ったので、二枚、三枚と着物を農家に持って行っては僅かな米、甘藷と交換して飢えをしのぐという日々だった。考えてみれば、Ｍ市は疎開先に選ぶのには適したところではなく、歩美たちが疎開してきた頃には、すでにこの町から住民はもっと安全な場所に疎開をし始めていた。そのお蔭で歩美たち一家は空き家となった大きな屋敷に住むことができた。しかし、戦争が終わって外村家はそれまでのものすべてを失い、バラック建てと似たり寄ったりの粗末な小さな家に移り住んだ。それでも、雨露がしのげる程度の家の住所は鹿之介の問い合わせで、すぐ判ったらしい。空襲で焼け出されたり、満州、朝鮮、中国などから引き揚げて来て、落ち着き先のない人のことを考えれば幸せな方かもしれない。

鹿之介が、「これはボクたちのいた収容所の中で撮したものだけれど……」と言って家族の写真をみんなに見せた。初めて見る従姉のユーミは着ているものも、髪形も歩美には華やかで美しく見えた。伯母は大柄でふっくりしているけれど歩美の母親と似た顔立ちをしていた。このブロックでボクたちは暮らしたんだ。この時はまだ賢二は戦争から戻っていないので、彼を紹介できないのが残念だけれどと鹿之介はちょっと悲しげに話した。白いペンキの柵には薔薇の蔓が巻き付いて赤や白を想像させるような華やかな花が咲き乱れている。何年ぶりかに見る姉さんや義兄さんの写真を懐かしそうに手にして、涙ぐみそうになっていた歩美の母は、気を取り直したように、「今日は富士山がきれいなのよ。そこの小学校に行ってみましょう」と、目の前にある小学校の校庭にみんなを誘いだした。

空襲で町の八割は焼けてしまったが、難を逃れたこの小学校の校庭には四季それぞれの樹が豊かな表情をひそませて、かすかな風と戯れている。金木犀が樹の大きさだけの黄色い丸い褥を作って、甘いかおりを惜しげもなく漂わせている。夕景の富士が姿を見せていた。冠雪はまだしていなかったけれど、M市から望む富士は格別に姿が美しい。富士山を見て興奮した鹿之介は、富士山を背景にして歩美たちを並ばせて、再び何回もシャッターを切った。「今度はボクがみんなの中に入るから、アキオ、シャッターを切って下さい」と言う頃には、昭雄も最初の狼狽を忘れたかのように、すっかり打ち解けていた。比較的年齢の近い二人は男同士ということもあり忽ち意気投合し、その後、鹿之介は休日を利用してはたびたびM市に遊びに来るようになった。

鹿之介は大きな袋を文字通り肩にかついで訪れる。コンビーフ、バター、チーズ、キャンデー、チョコレート、野球のグローブ、ボール、帽子から石鹸にいたるまで、次々にその大きな袋から魔法のように取り出す。それは、まさに背が高くて、若くて、粋なサンタクロースだった。十二歳の歩美にとって二十四歳の鹿之介がボーっとするほどの憧れのお兄ちゃんになるのに時間はからなかった。彼は三時間ほどかけて歩美たちの疎開先のM市に来ると、二晩は泊まっていく。

鹿之介は畳の上で寝るのは初めてのはずなのに、何の屈託もない。

——ボクね、寝る形ね、下駄だからね、アキオの上に足がいったらキックしていいよ。

——下駄？　鹿之介は下駄に興味あるの？　履いてみたいのか？　鼻緒、大丈夫かなー。

噛み合わない会話をしている。そのうち、二人はガハハッと笑い出した。鹿之介は「下駄」という言葉は「下手」と「駄目」を合わせた言葉なので、ダメなことを強調するときに使うのだと思っていたのだそうだ。その解説を歩美たちにしながら、二人はまた大笑いしている。

二晩泊まると鹿之介は職場へ戻る。昭雄と和子と歩美の三人はいつも駅まで見送りに行った。構内の長いプラットホームには猫の子一匹いない。進駐軍の専用列車が入って来るときには一般市民は全員、強制的にホームから改札の外に出されてしまうのだ。駅員が要所、要所に立っているだけの無人のプラットホームは異様だった。その頃はもう、敗戦直後のように窓から乗ったり、天蓋にしがみついてみたり、という姿は見られなくなっていたが、食糧などの詰まった大きな荷物を背負ったり、両手に持てるだけのものを持った人が、長蛇の列を作って列車の入って来るのを、いらいらしながら待っているというのが日常の光景だった。歩美は専用列車が発車してから、兄たちと改札口を出るときが一番いやだった。重い荷物を持って何時間も待っている人たちの絡みつくような視線がこわかった。何か悪いことをしたみたいに下を向いたまま、構外に出て初めて深く空気を吸い込み、やっと普通の呼吸ができるようになり、三人で思わずふーっと大きくため息をもらすのが常だった。

その頃、占領軍のナンバーワンのマッカーサー元帥は「白のものを黒」と言っても通るし、「黒のものを白」と言っても通ると言われたものだった。ナンバーツーのマーカット少将の夫人が乗る列車の車輌には、夫人以外の人は使用できない専用のお手洗いが用意されていた。歩美たちの鶏小屋のような粗末な家のお手洗いは、臭気が鼻をつく汲み取り式だった。二週間に一回、近郊の農家の小父さんが肩にかついだ天秤棒の前後に肥桶をぶら下げて、茄子や南瓜など畑で採れた野菜を入れた籠もそこに適当にくくりつけて、肥溜めの汚物を取りに来てくれる。その頃はそれが普通の光景には違いなかったが、外米と麦の主食は美味しくなくても我慢できた。狭い家も我慢する。しかし、思春期を迎えようとしている歩美は、臭気の強いお手洗いに入るたびに、肥桶をかついでくる小父さんの顔が目の前にちらついて強い拒否反応が起き、ついでマーカット少将夫人専用のお手洗いの話を思い出すのだった。

鹿之介は不意に歩美の家を訪ねてきて、お互いに自分たちの繋がりを了解したその日から、まったく何の屈託もなく、外村家の家族の中に溶け込んだ。戦勝国と敗戦国の生活水準の違いも、文化の違いも、お互いに違和感なく抱き込んでしまった。M市に来てもGI専用のホテルを利用しようとはせずに、狭い畳の部屋いっぱいにふとんを敷きつめて、みんなでワーワーふざけながらゴロ寝をし、朝は小さい弟や妹と飼い犬の柴犬まで引き連れて海辺へ散歩に出掛け、派手な声で英語と日本語を混ぜながら賑やかに戻ってくる。その後ろを近所の悪餓鬼どもがぞろぞろとついて来る。戦後、屋敷町から追い出されて職人町に住み移ってから、弟は近所の餓鬼大将にしょっちゅう苛められていた。歩美はそのたびに血相をかえて表に飛び出し、弱虫の弟をかばった。「あいつのネエちゃん、こえーぜ、ヒステリーババア！」などと悪態をつきながら、二股の木の枝を削ったピストルを腰にぶら下げ、藁で綯った縄を西部劇の真似をして振りまわしながら逃げていくのだった。

「ヘーイ！　坊主！　キャッチボールだ。早く、こっちへ来て」鹿之介が甲高い声で叫ぶと悪餓鬼たちは操り人形のようにうなずき、そろそろと輪を縮めてくるのだが、何程もしないうちに、さっきまでのぎこちなさはどこへ置いてきたのか、道路を占領してキャッチボールに夢中になり始める。鹿之介のそんな態度は周囲にバリケードを張りめぐらしたような昭雄や歩美にくらべて、実にのびのびとしていてスカーッと気の晴れるような光景だった。

ある土曜日のこと。その日はM市には珍しく肌寒い日だった。「アユミ――。映画に行かないか」鹿之介は悪餓鬼に声をかけるのと同じように、独特のアクセントで歩美を誘った。鹿之介は日本映画を見たいと言う。「日本の西部劇。チョンマゲのね」と。日本に進駐している兵士は外出時に平服で出歩くことはできない。ＧＩの制服で映画館に行くとマネージャーがとび出てきて、二階の特別席に案内してくれた。映画はいわゆる〝またたびもの〟を上映していた。チョンマゲでも〝さむらいもの〟はＧＨＱ（連合国軍最高司令官総司令部）の命令で製作は禁止されていた。その頃、日本中の人が渇望していた娯楽といえば映画だった。邦画、洋画を問わず、映画館には娯楽を求めた人々が殺到し、混雑の中で押し合いながら見たものだった。

歩美の兄は給料日には歩美を映画館に連れて行ってくれる。戦前のフランスやアメリカの洋画が日本で一斉に封切られていた。兄の見る映画は必ず洋画だった。日本の映画には見向きもしない。すし詰めの映画館の中で、兄は歩美を後ろから両手で囲うようにして少しずつ、少しずつ前に押しやってくれる。アメリカのめまぐるしくエネルギッシュなミュージカル映画を見ながら、兄はポツンと「腹が減るだろうなあ」と歩美の耳元で囁いた。切実なその囁きに思わずうなずいてしまうほど、歩美も常に空腹だった。見終わるとその頃はまだＭ市には珍しい喫茶店でコーヒーと一緒にケーキも注文してくれる。兄の行く喫茶店の名前が「ラ・ペエ」というのも歩美にとっては映画の続きの世界のようで眩しかった。映画とケーキ。その日は歩美にとって夢のような一日なのだった。

衣食住に限らず、あの頃は誰もが活字にも飢えていた。友人の間での本の貸し借りは、固い絆、固い信頼関係の証しのようなものだった。狭い間口の貸本屋も街中にたくさんできた。どの貸本屋に行っても、いつでも混んでいた。歩美はシャーロッテ・ブロンテのジェーン・エアに夢中になって、貸本屋で上下二巻になっている小豆色の本を何回も繰り返し借りて、貸本屋の小父さんに、ほかの人も読みたいんだからいい加減にしなさいと、怒られたことがあった。その作品が映画化されて見られるなんて夢のようだと思った。ヒッチコックの「断崖」を見たのもこの頃だった。こんな完璧なものは娯楽ではないとか、「百万人の音楽」のマーガレット・オブライエンを、世の中にこんな美しい少女がいるなんてと、びっくりしたり、「ガス燈」のシャルル・ボワイエにいつまでも、ぼうっとしていて兄にからかわれても、なぜ、からかわれるのかさえわからないほど歩美はまだ幼なかった。しかし、「第七のヴェール」のジェイムズ・メイスンを見た時は、それまでにないショックを受けた。何年かのちに、一人で映画に行くようになってから、「邪魔者は殺せ」で再びメイスンに会った。歩美はうなされたように、「邪魔者は殺せ」が上映されていると知ると、東京の場末のトイレの臭いが漂ってくるような映画館でも、出掛けたものだった。それもこれも、この頃の兄と共有した映画の時間がベースになっているような気がする。

兄は洋画の上映館にしか連れていってくれなかったので、歩美にとっても、この日、鹿之介と見た「股旅物」はもの珍しかった。映画館を出ると夕闇が迫り、上気した歩美の頬を思いがけないほどの冷気が襲った。思わず身震いする歩美に鹿之介は自分のジャケットを黙って肩にかけてくれた。甘いタバコの香りとチョコレートやガムの匂いがミックスされたそれは、鹿之介の匂いであり、アメリカの匂いであり、豊かな文明、豊かな生活の匂いでもあった。歩美は幸せの空気を胸いっぱいに吸いこんで、鹿之介に話しかけた。

「兄さんも、もう会社から帰っているはずね」

「ああ、今日はね、ボク、スキヤキたべたいって歩美のママにリクエストしておいたから、早く帰って手伝わなくっちゃ」

　鹿之介は大きな体を身軽に動かして、台所と茶の間のあいだを行ったり来たりして支度を手伝った。特に気に入ったのは炭火を熾すことだった。大きな火鉢に三本脚の五徳を置き、その上にスキヤキ鍋が載せてある。鹿之介は口をとがらせて鍋の下の炭火をフーフー吹いている。炭がパチッと音を立てて火花が散ると子どものように手を叩いて喜ぶ。大きな炭は真っ赤になって鍋はぐつぐつと音を立てて煮え立ってきた。

「おばさん。肉はね、ビールを入れると柔らかくなるよ」

「えーっ、そうなの？　そんなこと全然知らなかったわ。でもね、せっかく鹿之介さんが持ってきて下さったビールよ。もったいないじゃあないの」

「どうせ飲むのはボクとアキオだけなんだから。アキオ。アキオも、もっとおばさんのこと手伝って！　ボクはね、長男だからママのこと、いつも手伝っていたよ」

　疎開するまでは家にはネエヤと呼ぶ行儀見習いを兼ねたお手伝いさんが、常に二人ぐらいはいたので、昭雄が家事の手伝いをすることはほとんどなかった。日本は戦争に敗け、父親も死んでしまった。知人もいない住み慣れない疎開先での生活は心細い。ましてやお手伝いさんなどということは考えられない、そんな生活の中で、大学に戻るのを断念して、仕事についた昭雄はまさに家長という存在であり、家事になど手を出さないのを家族も当然としていた。鹿之介に言われて不器用に食器などを運んでいる兄を、歩美は珍しいものを見るように眺めた。

やがてGIの任期を終えた鹿之介は、本国に戻らずに、シビリアンとして日本にとどまり、BC級戦犯の裁判が行われている横浜法廷の弁護団の一員となり、裁判が終了した一九四九年、彼にとっての母国アメリカに帰国した。しばらくは昭雄をはじめとして、日本の親戚とも文通していたが、鹿之介には鹿之介のアメリカでの戦後があったし、日本の方も怒涛のように復興の高波が押し寄せ、歩美の兄も恋をしたり失恋をしたり、そうこうしているうちに、家庭を持ち、父親になり、会社でも日本の高度成長に歩を合わせて、責任のある地位に就いて、いつとはなしに、アメリカとの糸は断たれ、鹿之介の両親が亡くなったことの知らせもないまま、四十年の歳月が流れた。

その鹿之介が日本に来るという。昭雄も日本の経済復興の波に乗って、それなりの居を構えている。鶏小屋のような家に住んでいたことなど、昔話になってしまった。「兄さんの住所、よくわかったわねえ」。という歩美たちの疑問も、鹿之介の妹、ユーミの息子マイケルが三年前から日本の大学に招へいされていたので、消息を調べてくれたという昭雄の手元に届けられた鹿之介の手紙によって解けた。日系三世のマイケルとしては、日本の遠縁の親戚の消息などより、結婚したい日本の彼女とのことの方がずっと大切だった。鹿之介に催促されて、帰国まぢかになり、やっと年齢のはなれた伯父の依頼を思い出したに違いない。

久しぶりに昭雄の家にみんなが集まり、母親を囲んで、あの戦後の暗い時代に鹿之介が送りこんできた底抜けに明るい風と食べ物。その頃のことがわっと押し寄せてきて思い出話に花が咲き、外村家は陽気な笑い声に包まれた。

四十年前の鹿之介の帰国前後のことは外村家においては、母親が一番正確に知っていた。戦争が終結したことによって解放された鹿之介の両親は、住み慣れたロスアンゼルスに戻らないで、ワシントンD・C・の近くのアーリントンに住むことになった。この頃が、この戦争によって音信不通になっていた母親たち姉妹が、消息を伝え合い、慰め合えた時だった。

シビリアンとして日本のB・C級戦犯裁判に関わり、横浜に残った鹿之介の帰国より早く、弟の賢二は親の元に帰って来た。賢二は日系二世で編成された陸軍四四二連隊の数少ない生還者の一人として、アメリカ本国で熱狂的な歓迎を受けたと伝えてきたのもこの頃だった。四四二連隊はヨーロッパ戦線でファシズムと戦い、特にイタリア戦線では白人部隊を救出するために、救出された白人部隊よりも多くの戦死者を出すという凄惨な戦いをした。多くの友が自分の隣で、あるいは足元で死んでいくのを見ながらの捨て身の活躍で、日系人に対する人種差別の壁が取り除かれたという功績を残したといわれる。住まいをアーリントンからワシントンD・C・へ移して商売を始めた両親のもとへ戻った賢二は、自宅から大学へ通い始めた。そのとき初めて鹿之介は両親が収容所からロスアンゼルスに戻らず、アーリントンに居を構えた真意を理解したと話した。

つまり、息子二人をワシントン大学へ入れて卒業させ、中央政府に就職させるという計画だったのだ。「ボクも帰国したら大学へ入り直す。それが両親の希望だから」と言って、その通りになった。鹿之介が帰国してから、賢二と二人で店を手伝いながら、共に大学に通っているというあたりから、いつとはなしにアメリカとの音信が絶えてしまった。あとから知ったことだが、鹿之介たちが大学を卒業し中央政府に就職した頃、両親があいついで亡くなったことも、そのことを日本の方で誰も知らなかったのも、その頃のアメリカはいかにも遠かったからだろう。日本人としてのモチベーションを持って、日本国の外に出られたのは、政府の要人、財界のトップ、一般人では郵船会社の幹部、航海士ぐらいではないだろうか。国家やトップ企業が育英資金を出している留学生試験に受かった人、それは、ごく僅かな選ばれた人でしかなかった。

戦争は終わってもソ連に捕虜として抑留され、極寒の中での重労働で凍死や栄養失調で命を落とした多くの人たち。南の島で捕虜となり本国送還も遅々として進まず、監禁されたままの人たち。日本国内でもBC級戦犯が収容されている巣鴨の刑務所は、一九五二年に講話条約が調印されて、アメリカの管理下から日本政府の管理に移行したとはいえ、刑期の残っている人たちは、まだ獄中生活を送っている。強制的に戦場に送られ、共に日本人として戦った同じ世代の人が、一方は獄中生活を強いられ、一方は管理者としての職務についている。獄中で家族のことを偲びつつ眠りにつく人と、たまたま管理者側に立つことになって、仕事が終われば暖かい家に帰って家族との生活を持っている人。お互いにこんな矛盾や居心地の悪さにあえぎながらも、次第に復興という道を歩き始めていた。

鹿之介は大学卒業後、中央政府で働き定年を迎えた。賢二もユーミも結婚して、家を出ていった。今は家族全員が住んでいた広い家に鹿之介は一人で暮らしている。独身だということだ。来日までに、こういうことがおおよそ鹿之介の手紙で知らされたけれど、何故、どうして、という疑問は幾つか残されていた。

鹿之介の妹のユーミは結婚してシカゴに住んでいる。息子のマイケルは哲学を専攻する学究の徒で、日本の大学院に招かれて三年前から日本へ来ていた。マイケルの三年間の滞日も終わろうとしている。マイケルは順調に三年間の学究生活を終え、将来を共にしたい日本女性との出会いもあって、二人で彼女の両親を説得しなければならないという大問題を抱えているとはいうものの、鹿之介の依頼を受けて自分の血縁の消息を辿っているうちに、マイノリティーとして暮らしてきた彼は、しだいに胸のときめくような気持ちに満たされてきた。日本を去る前に伯父の鹿之介と共に全国に点在する親戚を訪問しながら日本中を歩いてみたいと考えるようになった。とくに、鹿之介が一番懐かしがっていた昭雄には真っ先に会ってみたいものだと思うようになった。何といっても一緒に住んでいる昭雄の母親はマイケルの大好きだったおばあちゃんの妹なのだ。伯父の来日が待ちきれない気持ちだ。

しかし、マイケルにとって鹿之介は伯父とはいえ、決して身近な存在ではなかった。結婚したユーミはマイケルを含めて三人の子供も育てた。人種差別の壁がとれたとはいうものの、戦後の日系二世の家庭はそんなに甘いものではなかったことだろう。世代の違う若いマイケルには、シカゴと一時間の時差のあるワシントンD・C・にいる伯父の日常の生活の様子、ましてや、恋愛や、結婚など具体的な事柄について知る機会もなく、ワシントンD・C・に独身の伯父がいるというぐらいの認識しか持っていなかった。日本語を駆使できるようになったとはいえ、恋人との連絡に電話をすることはできても、未知の日本人と電話で複雑なやり取りをすることなど、到底不可能な事だった。

成田に降り立った長身で顎ひげをたくわえた鹿之介は、税関から出てきたとたんに素早く歩美を認めた。歩美もその国籍不明の趣を持つ鹿之介と目を合わせた瞬間に間違いなくシカ兄さんだとわかった。シカ兄さんは濃いうぐいす色のスーツにグレイの五ミリ方眼のワイシャツを着て、薄緑と濃紺のストライプのネクタイというスマートないでたちで、サンタクロースのような大きな袋の代わりに、真っ黒の大きなトランクをいかにも軽々と持っていた。彼は甲高い声と大きなジェスチャーで、脇にトランクを置くと、出迎えた歩美たち一行に派手にハグした。その夜は東京郊外のいとこの家で歓迎会をして、ここに二、三日逗留したあと、彼は飄然とどこかに出掛けて、ときどき所在地を報告したり、彼独特の疑問や質問の電話を昭雄のところへもかけて来るような日が何日間か続いた。

七月も下旬になると、子どもたちは、今年の夏休みはどんな風に過ごそうかと、期待と願望で中途半端に華やいでいる頃、昭雄から明朝、鹿之介がM市に着くから駅まで迎えに出てほしいのだが、という電話が入った。歩美は翌朝M駅へ向かった。M駅でも、歩美は鹿之介の派手なハグにあった。すでに東京から横浜、さらに岡山、大阪などをざっと回って来てのM市訪問だった。鹿之介は鹿之介なりにそれだけのフィールドワークが必要だったのだろう。

鹿之介と一緒に自宅に戻ると歩美の末の娘が、出勤前の父親と自分の朝食の支度をしているところだった。歩美の夫と娘に軽くハグした彼は、何年も前からこの家のキッチンには馴染んでいたかのように、娘の手から気軽にフライパンをとって、ボクのオムレツおいしいんだよ、と言いながら卵を焼きはじめた。たちまちにして、すきやきをしたあの当時の情景が蘇ってきて、プラットホームで派手にハグされて一瞬弱ったなと思った気分も吹き飛び、一気に四十年のブランクは埋まった。歩美の夫はそれまでに聞いた歩美の解説だけではよくわかってはいないものの親近感を抱いた様子で、しかし、なんとなく複雑な面持ちで、そのオムレツで朝食を済ませて出勤した。

待ちかねていたマイケルには、すでに連絡が取ってあったらしく、その日の夕方、マイケルもM市に来た。従姉の長男マイケルを見て、昭雄たちは驚きの声をあげた。なんと末の弟と瓜二つなのだ。弟は楽器職人としてドイツに修行に出たまま、親方の娘と結婚して、あちらで所帯を持ってしまった。滅多に日本へは帰って来ない。

歩美は父親の仕事柄、転勤も多く、伯父、伯母がいることも、いとこが何人かいることも知っていたが、余り親しく往き交うこともないまま、戦争、疎開、敗戦の渦の中に巻き込まれて、今まで血縁、地縁というものを深く考えたことがなかった。戦後、突然現れた鹿之介は、あくまでもサンタクロースのシカ兄さんだった。しかし、マイケルと歩美の弟という、この二人の不可思議な相似を目の前に突き付けられて、今まで意識していなかった血脈というものを、改めて感じるのだった。

日系人も三世になると、いかにも日本人離れしていますという人が多い。鹿之介は二世でも、大柄だしジェスチャーも派手なせいか日本人離れしていて、やや国籍不明の感がある。マイケルはというと小柄だし、黙っていれば渋谷あたりで茶髪を風になびかせ、長い足を持て余しているような若者より、ずっとかつての日本人の体系と雰囲気を持っていた。何といっても彼は、何年も会っていないけれど、歩美の弟に面立ちがそっくりなのだ。脈々とした血の繋がりというものがあるのだということを、改めて意識するのだった。歩美の娘たちはすぐに彼と打ち解けて、娘たちは英語で、マイケルは日本語でとお互いにたどたどしい言葉で話し合っては何が面白いのか笑い興じている。

M市は新幹線も停車するし、東京郊外よりも足の便がいい。これから約三か月の予定で日本に滞在する彼は、M市の歩美の家を拠点にして、北海道、東京、横浜だけではなく、京都、丹波、岡山、広島と、日本中に散っている親戚を訪ねることにした。マイケルも都合のつくかぎり、鹿之介と一緒に旅行をすることになっているらしい。

日本は鹿之介の想像以上に豊かになっていた。敗戦後の日本の生活が消しがたくインプットされている彼には驚くことばかりだ。便所に入った彼は常温が保たれている便座や、温湯の出てくるウオッシュレットに「ほうー、贅沢な生活をしているんだねえ」と思わず大きな声を出した。

粗末な食事も、狭い家でのゴロ寝も若かった鹿之介には大した苦にはならなかったのかもしれないが、「汲み取り式トイレ」を使うのは苦痛だったに違いない。

鹿之介の出現によって戦後の窮乏時代と、その時受けた恩恵を思い出した日本人側は、この遠来の客に精いっぱいの歓待をした。どこへ行っても鹿之介に財布をあけさせようとはしない。「ボクにも金使わせてよ。せっかく円に換えてきたのに。お札にカビが生えちゃうよ」と、ぼやく鹿之介に、この奇妙な大男の出現に興味しんしんの歩美の長女は、――わたしなら、そのお札にすぐ羽を生えさせることができるんだけどなあと、嘆いて見せた。鹿之介は手を打ってその冗談を喜んだ。こんな冗談も通じるんだということが、なお一層彼を陽気にさせたようだ。ワハハという屈託のないその笑い声は、ボクの日本語は下駄だからと言ったときと全く変わらない。

鹿之介は三カ月の滞日中に実行したいことが数多くあるらしい。その一つに祖父母のお墓参りも入っていた。多分、墓参する機会もなく亡くなった両親に代わって、長男としての自分が墓参すべきだと、心に深く誓って来たのだろう。祖父母の墓には、鹿之介の母親の兄である伯父も眠っている。墓はH市の山の頂上近くの海を見下ろせるところにある。H市はM市からJRで一時間ぐらいかかる。最近は近くにゴルフ場ができたので道路が整備され、木立ちも刈り込まれて快適なドライブコースになっている。久しぶりの墓参りは、歩美の夫と昭雄の二台の車に分乗して双方の子どもたちも加わり、賑やかに行くことになった。古くからの檀家の家族が、アメリカ在住の親族を連れてくるというので、寺でも大歓迎をしてくれた。神妙に墓を洗ったり、水をかけたり、線香や花をあげたりしている間は平和だったが、ハイになった鹿之介が寺の太鼓をジャズ調の高い調子で打ち始めた。慌てた方丈さんが衣を脱ぎ捨てた下着姿のまますっ飛んで来るというハプニングもあったが、ご先祖様を囲んでのこの墓参りは楽しいものだった。

歩美の妹の七海はこの墓のある町に隣接する古都に住んでいる。七海の夫が古都を案内してくれることになった。彼が由緒ある神社や仏閣を巡りながら懇切丁寧に解説し始めたところ、鹿之介はあらわに退屈そうな表情をして「ボク、ぜんぜん興味ないよ」と言った。七海の夫は、はっきりした意思表示をストレートに出す文化に馴染んでいないし、それを受けとめる器用さとか明るさを持ち合わせていない。彼は自分の全力を挙げての案内が理解できない鹿之介に軽蔑と不快の念を持ち、妻の七海に八つ当たりをした。

「日本人なら、この歴史ある寺社をみれば、理屈抜きに感動するものです。血が騒ぐのです」

「確かにどなたも、あなたのていねいな案内に興味を持って感謝して下さるわ。でも、でもよ、鹿之介さんが興味を持たないからって、それは人それぞれよ。文化の違いもあるし、育った環境にもよるし」

「そんなこと、判っていますよ。しかし、ろくに歩かないうちに興味がないなんて、それは彼に教養がないってことですよ。それに、お札にカビが生えるって言ったんだって？　銀行で交換したお札にカビは生えませんせん。それにまた、歩美さんとこの娘が羽を生やすだなんて」

「ジョークじゃないですか、それは」

「当然ジョークです。わかってますよ、それぐらいのこと。しかし、言っておきますが、冗談でもお札にはカビも羽も生えません。七海の方の血筋は少し感覚がおかしいんじゃあないの」

七海はうんざりした。夫が融通の利かない銀行員だということは心得ていたけれど、ここまで言い募るのは、珍しいことだった。度が過ぎるほどていねいなところがあって、七海とテンポの合わないもどかしさを感じることはあっても、やさしい夫だった。こんなことを言わせるまでに追い込んだ鹿之介にだんだん腹が立ってきた。さらに追い打ちをかけるように鹿之介は、

「歩美のところに較べて七海の家は貧乏なんでしょう。ボクあっちこっちの親戚に泊めてもらって観察しているからわかるよ」。七海は思わず夫の顔色をうかがった。

鹿之介は七海の表情が険しくなっていることにも気付かず、「洗面所に白髪染めのチューブが置いてあったけど、あれは七海が使っているの？　それとも夫が使っているの」と問いかけてくるのだった。

すっかり心を乱されてしまった七海は、歩美のところへ電話で訴えてきた。

「日本人の感覚での貧乏とは違うと思うんだけど。考え方が地味とか派手とか、暮らし方の違いというか、大袈裟に言えば、人生観の違いみたいなことを言いたかったんじゃあないかしら。アメリカ人の比較の感覚っていうのは私たちとは、はっきり異質なのよ。悪気なんかないのよ」。

歩美は必死になって言葉を続けた。

「ほら、聞いたことない？　ポンペイの廃墟を見て、『これはひどいもんだ。こんなに徹底的に爆撃するとは』って叫んだアメリカ人がいたっていう話。所詮、歴史の浅い物質文明の国だから、認識が全然違うのよ」。と歩美はいろいろ言ってみたが、七海の怒りはおさまらなかった。

しかし、ハリケーン鹿之介による被害は古都での歴史認識だけでは収まっていなかった。ほかの従妹の家でも問題を起こしていた。戦後まもなく、二十歳の若さで結婚し、生まれたばかりの赤ちゃんを抱えた従妹の家を、鹿之介がコンビーフの缶詰やチョコレートや石鹸、その頃は貴重品だったバスタオルなどを持ってお祝いに行ったことがあった。いとこの中で最も早い結婚だったし、新婚家庭の雰囲気のある彼女の家を訪問したことは、二十代の彼にとって非常に印象の強いことだったに違いない。その何年か後に彼女は子どもを婚家先に残して離婚した。彼女はその後再婚して新しい夫との間に生まれた二人の子どももすでに社会人になっている。前の結婚のことも、婚家先に置いてきた子どものことも、この夫婦の間ではタブーというよりはタブーになっていることすら意識にのぼらないほど、現在の生活は充実し、また忙しかった。そこへ不意に彼は、「あの子はどうしているの？　大きくなっているだろうね。結婚したのかしら？　前の夫も再婚したの」と、甲高い声で矢継ぎ早に質問してきた。腰を抜かすほど驚いた彼女と彼女の夫の間に思いがけない空気が流れこみ、日常に戻ってからも二人の間には埋めがたい齟齬が残ってしまった。彼女はもしも鹿之介が再び来日することがあっても「我が家にはお出入り禁止よ」と、眼を吊り上げてわめいた。最近は日本でも、離婚後どちらが親権を持つにせよ、子供に会うというのは親としての当然の権利だし、子供の側から言っても会いたければ、親に会うのは当然の権利というのが当たり前の感覚になっているけれど、四十年前の日本ではそれはむずかしかった。離婚そのものが日陰の存在であり、罪悪視さえされていた。その頃の修羅場はアメリカ人の彼には想像もつかないことかもしれない。それにしても、そういう文化の違いの認識が鹿之介にはあまりにも欠けていた。

日本留学の目的でもあり義務でもあった博士号を取得したマイケルは、そろそろ帰国のことを考えねばならない。マイケルは時間を作っては伯父である鹿之介と一緒に日本を、そして親戚の家を歩いていたが、青年マイケルは温和でみんなの目には鹿之介よりずっと大人びた感じに見えた。各家庭で巻き起こす鹿之介旋風は、アメリカ人気質というよりは、彼自身の資質か、あるいは彼のアメリカでの生活に何か歪みがあったのではないかと、周囲もそんなことを、うすうす感じたりもしたが、それが当たっているかどうかは誰にもわからない。見えない傷、本人も気づいていない傷、なんていうのも人生にはあるのかもしれないし。

マイケルはドクターをとる義務を果たしただけでなく、日本の才女由紀とも婚約した。由紀は二人姉妹の妹だが、姉はすでに結婚して家を出ていた。そんな事情もあって婚約にこぎつけるまで、由紀の両親を説得するのに難航していた。鹿之介はマイケルに日本語のことわざで、「当たって砕けろ」というのがあるのを知っているかいと励ましたり、自分も由紀の両親に会い、誠意をつくして説得したということだ。由紀の決意が固かったこともあり、両親もやっと二人の婚約を認めてくれて、一年後にマイケルの両親がいるシカゴの教会で結婚式を挙げることに決まった。それまでにマイケルの両親が来日して、由紀の両親を訪問することなど、いろいろな約束が交わされて、マイケルは鹿之介より一足早く帰国した。

鹿之介は日本に来てから作ったという大きな家系図を書き込む紙を持ち歩いている。そして、訪問先でそれを広げてはタコ足のように聞き取った親族の名前、つながり、没年月日などを書き加えていく。それはお互いに忘れてしまっていた祖先にまで及んでいた。戦争というものを挟んで疎遠になっていた一族郎党の絆を深めることにもなったし、早世して忘れかけていた親族に思いを馳せるきっかけを作ったりもして感謝された反面、思い出したくないことも掘り出されて、家族の中に亀裂を残したところもあった。離婚した従妹への質問も、単に家系図の中に書き込むことの一つとして、単純に聞いただけのことなのかもしれない。

鹿之介は昭雄の家でも問題を起こしていた。八十歳を過ぎた昭雄の母親は、胃に発症した癌が他の臓器に転移し始めていた。高齢なので病状の進展はゆっくりしている。抗ガン治療は避けて体力と加齢を考えながら癌細胞と共存していこうではないかということで、家族もそのつもりでいたのだが、本人には何も話してなかった。昭雄は母親に病名を告げていないというプレッシャーから、ふっと兄貴分の鹿之介に母親の病気のことを話してしまった。伯母である鹿之介の母親も癌で亡くなったと聞いたので、そんなことも作用したのだろう。鹿之介は叔母を元気づけるつもりで、「叔母さん、癌だっていうけど云々……」と本人の前で言ってしまった。

——そのときの凍りついたような空気って、まったく困ったよ。おふくろは何も言わなかったけど、僕のうろたえた顔を多分ちらっと見ただろうよ。

——女房には男のくせに口が軽いって、さんざん言われるしよ。口が軽いっていうのとは違うさ。女房にはわかんないさ。おやじが死んだあと、長男の僕とおふくろは必死になって家族を守ってきたんだ。病気を抱えたおふくろを、できることなら力一杯抱きしめたいぐらいなんだ。鹿之介さんにも『母さんには病名のこと話してないけど』と言ったんだけどなあ。

昭雄はそんなことをぼやきながら、

——今年の夏は台風が極端に少なかったのに、われわれは「ハリケーン・鹿之介」に見舞われて、たいへんだったよなー

と、弱く苦笑いした。

②シカゴでの結婚式

一年後の一九九〇年九月の末にマイケルと由紀はシカゴの教会で結婚式を挙げることになった。現役で働いている昭雄は十日も二週間も日本を留守にすることはできない。歩美の姉の和子も妹の七海も、それぞれの事情で家を留守にすることができない。外村の家の方で出席できるのは歩美だけだった。結局、歩美と美音子が出席することになった。この美音子という女性と歩美

を結びつけたのもほかならぬ鹿之介だった。

ある朝のこと、電話から鹿之介の甲高い声が響いた。丹波からの長距離電話だった。そういえば、丹波のなんとか家へ行くと言ってM市を出たのは三日前のことだった。

「あゆみ！　上田美音子って知っているでしょう」

「上田美音子さん？　私の知り合いにはいないわ」

「そんなはずないよ。M市に住んでいて歩美と同じように絵を描いているんだから」

「そう言われてもねえ。ここだって人口何十万とかの都市なんだし」

私が絵を描いているなんていうのは、単に主婦の趣味程度のもので、こんな趣味を持っている人はこの町には数えきれないほどいるんだからと、心の中で呟いた。M市に居住しているだけで、知っているはずだなんて言われてもねえ、と言いかけて途中ではっと言葉が止まってしまった。歩美は知っていたのだ。城戸美音子。鹿之介の姓は「城戸」。上田美音子の旧姓は「城戸美音子」なのだ。鹿之介の持ち歩いている家系図が歩美の頭の中で、その威力を発揮した瞬間だった。あとでわかったことだけれど、美音子の父親が鹿之介の父方の従兄で、美音子はその娘だったのだ。

美音子とは練習日は異なっていたけれど、同じサークルの仲間だ。美音子の作品が県の芸術祭賞に選ばれた時、歩美のサークル仲間と連れ立って県立美術館まで出かけた。美音子の作品はコラージュだった。モダンで暗くて鋭くて。何だろう、この発想はと、まず思った。右端の上から下の方を眺めている小さな顔の中の眼光はどこまでも歩美を追いかけてくる。その眼光を跳ね返すようにじっと見返したら、小さく光る眼には星が嵌めこんであった。歩美がぐるっと顔をまわしたら、星もぐるっと追いかけてきた。暗いと思っていた画面がにわかにいたずらっぽくなった。くるくる踊っているような赤い靴の下の新聞紙の千切れにはどんなニュースが載っているのだろうか。バックの青い一筋の線の先の意味ありげな切手。切手の小さな図柄に顔を近づけたら泣き顔のピエロが両手と片足をあげて踊っていた。一瞬、この作者と話してみたいなと思ったのを、はっきり記憶している。

受話器を握ったまま、歩美は美音子が旧姓を絵のサインに使っているのだと気付き、慌ててつまみ上げた糸の端をたぐった。そして、糸はみごとにつながった。それなら歩美は幼い頃美音子と一度会っている。歩美の頭はもの凄い速度で逆回転した。母が歩美より二歳年下の美音子のことを、「たいへん利発なお嬢さんだ」と歩美の顔を見ながら感に堪えないように言ったのを、あなたと違って、という言葉がその後ろに隠されているような気がして、子供心に不愉快だったのをはっきり覚えている。

歩美も美音子も二十年以上もM市に住んでいる。二人とも自分たちは流れ者だと思っていたし、実際流れ者にちがいない。歩美は自分の意志に関係なく母の思惑だけで偶然M市に疎開してきた。つまり流れついたようなものだが、気候も温暖なこの地を母が先ず気に入り、昭雄も仕事の根をここにおろしたので、外村家としてはここを永住の地と決めたようなものだった。歩美も学生時代はM市を離れて、私はデラシネなどと、気取っていたこともあったが、夫との出会いがあり、やがて結婚して、さまざまな偶然が重なってM市に移り住んできて定住することになった。美音子も結婚した相手の勤務先がM市になり定住することになった。お互いにこの土地に縁者がいるなどとは考えたこともなかった。

M市に戻ってきた鹿之介は自分の手繰っていた糸が思いもかけないところで実を結んだことで上機嫌だった。そして精力的に動いた。歩美と美音子を連れて食事をしたり、近郊にドライブに出たりした。二人は幼い頃のたった一回の出会いにもかかわらず、さらには二人とも固い殻をまとった打ち解けにくい性格だと自認していたにもかかわらず、たちまちにして打ち解けた仲になった。鹿之介のマジックにかかったとしか考えられない。

秋口のシアトルは見渡す限りグレイの重い靄に包まれ、視界をすっかり蔽ってしまっている。柔らかい繭の中にもぐりこんでしまったような感覚は、つい昨日まで我が家で繰り拡げられていた日常とはかけ離れたもので、突然現実というものが遠のいてしまったような頼りなさに包まれる。しかし、空港内は電飾で明るく影一つなく輝き、、世界中の「真っ昼間」と、世界中の「現実」をかき集めたような様相を呈している。せわしく行き交う人々の服装は、タンクトップだったり、セーターだったり、毛皮のロングベストを身にまとっているかと思うと、どう見てもファッション雑誌から抜け出してきたとしか思えない人もいる。服装だけでなく人種も雑多だ。歩美も美音子も空港を行き交うさまざまな人種の一人にすぎない。港内の地下鉄やエレベーターを乗り継いで、やっとシカゴまでの国内線の乗り換え口にたどりついたら、飛行機の整備不良で三時間の遅れが出たことが表示されていた。とにかく、シカゴの空港までたどりつけば、鹿之介が出迎えに来ているという手筈になっている。彼は辛抱強く空港で二人の着くのを待っているだろう。歩美と美音子はお茶でも飲んで時間を潰すことにした。

ふと、視線を感じて目を移すと、あきらかに由紀の両親と思われる人と親族らしき一団が固まって、やはり表示板をながめている。歩美がほっとした表情を見せると、相手もすぐわかってお互いの間にゆるゆるとした空気が流れ、まずはお茶かビールでも飲みましょうかということになった。女同士の話はしだいに弾み、花嫁の母親は荷物にはなるし、着付けのことも気になったけれど、外国だからこそ和服の方がいいのではないかと思って、それにドレスでは対抗はできませんものね、思い切って江戸褄を準備してきたんですよと、いたずらっぽい目をして言った。

「マイケルはいい青年ですね。でも、シカゴと仙台ではお母様はちょっとお淋しいでしょうね」

「家内はやっと立ち直ったところなんです。由紀は一か月前に日本を発ってシカゴに来ているんですよ。二人姉妹の上は早く結婚してしまいましたし、家内と由紀は、東京と仙台と離れて暮らしてはいたのですが、会えば猫がじゃれあうように、しょっちゅう一緒に行動していましたからね」。由紀の父親が歩美の話を引き取って返事をした。

「あなただって、そうとう参っているなあと感じましたよ」

結婚式まで五日あった。歩美と美音子と鹿之介の三人はマイケルの友人のアパートを一週間あけてもらってそこに滞在することになった。結婚式が終わったら一先ずワシントンD・C・の鹿之介の家に落ち着く。そのあと案内したいところが一杯あるからねと、鹿之介は若者のようなヤンチャな目をきらきらさせて言う。「飛行機のチケットだけは自分で用意してほしいけれど、あとの滞在中の費用は全部ボクにまかせてよ。これは、ボクの招待なんだから。シカゴの空港に着いてから、日本に向かって空港を出るまではボクにまかせてよ」と胸を叩いた。鹿之介はマイケルと由紀の婚約が成立した時点から、日本からマイケルの親戚として参加可能な人ということを視野に入れて、彼独特の観察をしていたらしい。

「今回は私たちが、お札にカビを生やす番ね」。というと、例のジョークを知っている美音子が、声を立てて笑った。

さらに鹿之介は、わざわざ日本から来たのだから、来たことが最大の祝福の気持ちなんだから、改めて結婚のプレゼントはしなくてもいいと言った。日本人はすぐそういうことに拘るんだから……とも。歩美と美音子はお小遣い程度のことでもいいから何かプレゼントしたいと考えていた。マイケルたちは新婚旅行から帰ったら、彼の任地であるフィラデルフィアで生活することになる。アメリカの新婚生活に何が必要なのか歩美たちには見当がつかない。それならばと、鹿之介はブライダル&ギフト・レジストリーを見たらいいかもしれないと教えてくれた。

「それって何？」

「これから結婚しようとするカップルがね、新婚生活でほしいと思うもののリストをコンピューターにインプットしてデパートに登録しておくのよ。それがブライダル&ギフト・レジストリーなの」

髭の大男がときどき女言葉になるのがおかしくって、二人でくすっと笑いながらも、これは合理的なシステムだと、さっそく「素晴らしき一セント通り」にあるシカゴで二番目のノッポビルのデパートに連れていってもらった。ブライダル・レジスターと表示されているコーナーの自動販売機のようなコンピューターにマイケルたちの名前を入力すると、ほしいもののリストが出てきた。プール付きの家から、車やオーディオなど、願望としか思えないものに始まって、ナプキン立てやスポンジのビン洗いなどという小さな台所用品まである。その中に炊飯器というのがあった。思わず二人で声をそろえて「これ、これよ」と叫んだ。リストの中にポテトつぶし器というのもあったので、これとビクターの犬のような飾りのついた缶切りを添えて、三点を二人からのプレゼントとして登録した。満足した二人はそのビルの展望台まで行って、シカゴを一望した。むろん、二人のそばには鹿之介がぴったりついて、ガイドの役とボディガードの役をつとめてくれた。

結婚式まであと二日に迫った。由紀の父親には、娘の手を取ってバージンロードを歩くことのほかに、もう一つの課題があった。披露宴のときに由紀をはじめとして、女性客とダンスをしなければならない。彼はカラオケなら得意だけどソシアルダンスっていうのはどうもねと、顔を曇らせている。それならということで、鹿之介と弟の賢二、賢二の妻のジェシーがにわかダンス教師となって、教会の地下室で由紀の父親だけでなく近親者は集まって特訓を受けることになった。これは鹿之介が提案したことだった。大爆笑をともなうこのレッスンでお互いに汗びっしょりになり、終わってから冷たいコーラやジュースを飲んで一息つく頃には、それまでの何となくぎこちなかった空気は自然に親密な空気に変化していて、話が弾んだのだった。

一九九〇年のこの年、シカゴは異常高温ということで結婚式当日もうんざりするほど暑かった。由紀の父親は、式の直前にほんの僅かな時間だがバージンロードを歩くリハーサルをした。「あんなに、のろのろと、あの世に足を踏み込んでいるようなジイチャンのように、一歩ずつ歩けって言うのかい」とぼやいて、「そういう差別的な言葉を使うなんて」と由紀に怒られていたが、無事に愛娘をマイケルに託した。式のあとは参列者全員が花婿、花嫁と牧師さんを囲んで、教会の地下にあるホールで催される立食パーティーに参加する。プチケーキ、サンドイッチ、フルーツポンチ、飲み物はワイン、ウィスキー、ジュースとそろえてあり、身振り手振りも華やかに話が飛び交い、新しいカップルは輪の中に囲まれてもみくちゃにされている。パンチケーキパーティーというれっきとした名称があることも、教えてもらった。歩美たちはワイングラスを遠慮がちに持って輪の外側から彼らを眺めた。早口で飛び交う会話を聞いていると、ここは日本ではないんだということを、つくづく思い知らされるような気がした。時々由紀が輪の外に立っている江戸褄を着た母親の方へそっと視線をあてていた。一時間ぐらいするとみんなは口々に祝福の言葉を残して陽気に引き揚げていった。

夕方七時になったら、改めてレストランを貸し切った会場で招待客中心の披露宴をするという。それまでの数時間は、それぞれがそれぞれの休息の時間を持つことにした。歩美たちも一週間の住まいであるアパートにひとまず引き揚げた。いつも一緒に行動してくれる鹿之介もシャワーを使うために部屋を出て行った。歩美と美音子は久しぶりにのびのびと日本語でしゃべり、日本から持参したお茶を飲んだ。

生バンドに迎えられて会場に入る。一段高いところに新郎新婦と、その両側にはドレスやモーニングという正式の服装をしたベストフレンドが三人ずつ並んで腰かけている。この六人のベストフレンドが日本での仲人みたいなものだろうか。いやいや、同じ年頃だし、言葉通りのまさにベストフレンドなのだろう。七人座れる丸テーブルが少し低くなっている真ん中の広いホールを囲むようにずらっと配置され、どのテーブルに誰が座るかは、あらかじめ決めてあるのは日本の披露宴と同じ感じだった。普通はこんな派手な披露宴はしないのだけれど、日本からの来客のためと、学者さんになった三世が美しい日本娘をお嫁さんにしたということ、またマイケルの父親、つまりユーミの夫がシカゴで事業に成功したということもあって、ロスアンゼルスや収容所で苦楽を共にした一世、二世をマイケルの両親が精いっぱい張り込んで、教会のとは別に、このパーティーを設営したのだと、鹿之介が説明してくれた。

マイケルの友人の司会により、宴は乾杯から始まった。新郎新婦がグラスを持った腕をからませて、相手の手のグラスのシャンペンを互いに飲み干す。大拍手がおこる。これはそれに続いてのケーキカットより盛り上がった。結婚に至るまでの経緯は、鹿之介が英語と日本語でユーモアたっぷりに披露し、ついで、相互の親族のあいさつや簡単な祝辞のあいだも、鹿之介は英語、日本語を駆使しての通訳で席について料理に手をつける時間もないほどの大活躍。ケーキカットが終わるとダンスタイムに入る。ファーストダンスは新郎新婦のカップルで実に巧みにアレンジした「金と銀」と「ラビアン・ローズ」をブルースとワルツで一曲ずつ踊り、次は新郎マイケルと由紀の母親、新婦由紀とマイケルの父親という組み合わせの二組が踊る。プッチーニの「わたしのお父さん」の曲が流れた。ついで由紀と父親、マイケルと母親の組み合わせの時から自由なダンスタイムに入った。曲名はわからないけれど若い人向けのルンバやジルバが続き、歩美は賢二のリードでスローなジルバをブルースで踊った。賢二の手が優しく歩美の背中にまわされた。組んだ腕から、息遣いから、何とも言えない暖かいものが流れてくる。生まれた時からやんちゃだったという彼。通訳になったお兄ちゃんと違う道を選んで、アメリカに忠誠を誓って陸軍に志願した彼。四四二連隊に配属されてどんな苛酷な戦争をしたかを語ることもなく、でも、子供は作らないと宣言している彼。仕事以外の時間はほとんど競馬と賭博場で過ごしているという彼。アメリカの女性なら離婚の条件が整っているようだけれど、日系二世のジェシーは彼の妻として実に晴れやかに暮らしている。「バンドにね。日本の歌をリクエストしてもいいんだよ」と鹿之介が囁いたので、鹿之介が日本滞在中にしきりに歌っていた「銭形平次」を無理かなと思いながらリクエストしたら、ジャズっぽくアレンジした早いテンポで懐かしいメロディーが流れてきた。この曲で鹿之介とジルバを踊った。花嫁のお父さんは、即席に仕込んだダンスなのになかなか人気があり、次々と相手を代えては気分を出して、ダンスを楽しんでいるようだ。

「由紀の父さん、ヤケを起こしているようだね」と鹿之介が悪戯っぽくささやいた。流れている曲が「親父の背中」に変わった。誰がリクエストしたのだろうか。加山雄三の「君といつまでも」や佐藤なにがしの「青葉城恋歌」なども飛び出してきた。これは花嫁の由紀さんのリクエストかもしれない。由紀さんの母親は江戸棲の襟元をときどき気にしながら、静かに会場に目をやっている。視線はいつも由紀さんを追っているようだ。花嫁と踊った人は会場に置かれた可愛くデコレーションされた長靴に祝金を入れる。花婿と踊った人がこれに祝金を入れるかどうかは聞き落してしまったが、これが二人の新婚旅行のお小遣いになるのだそうだ。

鹿之介に促されて、一世、二世の席に挨拶に行った。男性はほかの席にいたのかもしれないが、その席は全員が女性だった。なまの日本の空気を一杯に詰め込んだ歩美と美音子を迎えて、一世、二世の彼女らは蘇ったように生き生きと話をするのだった。リクエストされた日本の歌も全員が知っているのには驚いた。銭形平次も水戸黄門も寅さんもなんでもアリだ。寅さんに至っては「同好会」まであるということだった。

——あんたさんは、どこの学校を出なさったん？

一瞬、出身地のことか、と思ったが違った。出身大学だった。

——京都大学ですけど。

と答える美音子に、「あ、京大ね。日本のナンバーツーの大学じゃろう」歩美が「私は名もない私大で」と、こそこそ答える頃には、話はすでにこの日の主役、マイケルや由紀に飛び火していた。

——ユーミも大したもんだ。マイケルを学士様にしたんだから。

——博士じゃろうが……。

——どっちにしても、哲学で食っていくのは……。

——いやいや、嫁さんは法科だから、しばらくはどっかの事務所で働いて、そのうち自分の事務所を持つさ。この式が終わったら、マイケルはフィラデルフィアの大学で教えなさるそうじゃけど、あちらの事情はわからんけど、シカゴでは女弁護士の事務所は離婚専門が多くてのう、繁盛しとるそうじゃ。

——そがいに人のことというて、あんさんの孫も大学を出たあと、今はＹＭＣＡで日本語の勉強をしてるんやろ。

——そうなんよ、あそう、この日本語の試験をパスすると日本の大学院を受けることができるんじゃと。うちの嫁さんがそう言っとったわ。そしたら、うちも一回日本に行ってこようかなって考えとるとこよ。

――そうしんさいよ。あんたさん、広島の出身じゃろう。どんな風に復興したか見てきんさい。

――マイケルの伯父さんの、ほれ、白人さんと結婚するゆうてた鹿之介さん、リタイアするのを待って日本に行きんさったと。三か月かけて、親戚中を回らはったと。

――なんで、彼は結婚せなんだの。

――なんでも、その白人さんが難病にかかって、亡くならはったということじゃよ。

――難儀なことよのう。戦争から帰って大学に行き直して、中央政府に勤めたっていうのににのう。あの洗濯やの娘さんと結婚しとればのう、今ごろ孫の顔も見られたかも知れんのに。二世は二世同士がいいんよ。

――違う。違う。好いた同士がいいにきまっとるよ。

――わあー。あんさんが恋愛至上主義とは知らなんだ。でもな、弟の賢二さん、ほれ四四二連隊の。四四二連隊のおかげで、人種差別もまあ、ないとは言えんけどずいぶん壁がなくなったんよ。ほれなのに、賢二さんはその話、戦ったときの話を絶対にせえへんのや。

と話がはずむ。急に歩美の方に顔を向けると、

――日本のどこに住んでいなさるの？　えっ。M市？　富士山が美しゅう見えるとこじゃそうやの。

――うちも、死ぬまでに一回富士山を見たいわあ。

――ほれ、財産も家もそのままにして、あっというまに収容所に入れられてしまったけえ、その損害賠償金を請求する訴訟ね。勝つらしいんよ。政府が賠償金出すことになるらしいからさ。それが出たら日本に一回行ってみようよ。な。

――ほんま、うちらの両親は畑に這いつくばるようにして、朝から晩方まで働いて、働いて。やっと店を持って、家を持って、やれやれと一息つこうとしたとたんに、突然ストンとその生活を断ち切られて、一週間で収容所送りだもんね。この酷さは忘れられんよ。

話は右に左に飛ぶけれど、何と言っても関心事は子どもや孫の学歴と嫁さんのことだった。彼女らは久しぶりに遠慮なく話せる相手に会って、しかも結婚の披露宴というお目出度い席ということもあり、高揚した気分になっている。耳慣れない広島弁をシカゴで聞いているという不思議な空間の中で、歩美も美音子も緊張して言葉少なく耳を傾けるだけだった。そのうち、ここに集っている人たちは、戦前、戦後をアメリカを第二の祖国として生き抜いて来て、日本人社会で成功したエリートなのだと気が付いた。それにしても学歴や出身学校に異常に関心が強いこともちょっとしたカルチャーショックだった。

鹿之介が頃合いだと思ったのか、そろそろラストダンスだ。もう一曲踊ろうよと、賢二と二人でこの賑やかな席から二人を連れだしてくれた。

鹿之介の甲高い声に起こされた。午後になれば一週間滞在したシカゴに別れを告げて鹿之介の車でワシントンD・C・へ向かう。まだ現役で働いている賢二夫婦は勤務の都合上、朝の航空便で帰路につくことになっている。モーニングコーヒーを五人で楽しもうという鹿之介の発案で、まだ眠りから醒めていない鳥たちよりも早く歩美たちは起こされた。テラスにはすでにユーミの家に泊まっていた賢二夫妻が、持ってきたアップルパイをテーブルの上に広げて待っていた。このアップルパイはユーミの手づくりなのだそうだ。鹿之介が熱いコーヒーを運んできた。マイケルの結婚式という思いもかけない引き合わせで、今回、初めて顔を合わせた五人のいとこは、多分二度と会う機会がないことを胸のうちに秘めながら、コーヒーの香りの中にそれぞれの深い思いを沈めた。お互いの顔もぼやっとしていた厚いもやが、音をたてるように引いて、朝の陽光が洩れ始めた。鹿之介が少し改まった口調で、「実はユーミの家にみんなが集まったところで、広げるつもりだったんだがね、彼らがあまりにも忙しそうだったので、出しそびれてしまったんだけれど。当たり前だよな。息子の結婚式だもんな。ホテルに泊まっているとはいえ、由紀の親族が日本から来ていることだし」賢二が、兄貴、また何を言い出すのかというふうに、かすかに眉をひそめた。テラスから見渡せる舗道の両側にはポプラの並木が続き、時たまナップザックを背負った若者が自転車で走り抜ける。鹿之介が広げたのは彼が日本訪問中、ずっと持ち歩いていた家系図だった。

「ケンジ。これがボクたちのルーツなんだ。平家の落ち武者の子孫だったり、漢学者もいるんだ。この漢学者は源氏の子孫だって。現代になると源氏も平家も仲良く子孫を作っているんだね。ボクたちはこの国ではマイノリティーかもしれないけれど、決して流れ者ではないんだよ」

歩美も美音子も現代の「流れ者」を気取ったりしていただけに、鹿之介のルーツに対する思い入れに、あっ気にとられてしまった。平家も源氏も宇宙語を聞かされているようで、さっぱり理解できない賢二たちは、あいまいな顔をして鹿之介の顔を見つめている。歩美はふっと七海の夫の古都案内を拒否したときのことを思い出した。何百年と続いた家柄を持ち、現在も古都で暮らしている彼に、鹿之介は鹿之介なりの複雑な拒否反応を起こしたのかもしれないと。

賢二とジェシーは朝の便に間に合わせたいからそろそろ出掛けるというので、また五人でいろいろな組み合わせになってはシャッターを切り、何回もハグして迎えに来たユーミの車で空港へ向かった。賢二たちを送り出して再びテラスに戻ると、鹿之介は熱いコーヒーを淹れなおして慣れた手つきで二人の前に並べた。まだ冷気の残るテラスに漂う香りは、この日の朝のことを忘れがたくするのに充分な雰囲気で、うっとりしていると、歩美と美音子にも調べてほしいことがあるんだと、彼は再び家系図を広げて話し始めた。

ここのところに富岡って名前があるでしょう。明治の初めに北海道で日本初の家族学園という特殊な学園を開いた人物で、この富岡の息子が要職にいて、戦争中、陸軍のトップとやりあって、引退したとか、辞めさせられたとか……。その後、ひっそりと疎開してしまった。母さんの方の親戚なんだけれど、ここまでしか辿れなかった。この人物のその後のことや息子のことを知りたいんだ。実は、アメリカへ戻ってきてから、母さんの手紙の整理をしていたら、戦争が終わった年に歩美は富岡の家に預けられることになっていたんだって。召集令状で戦場に行った富岡のひとり息子が戦死したという報が入って、ひどく落胆していたのだけれど、戦後、歩美を育てさせてほしいと言いだして、話が具体化し始めたときに、息子の戦死は誤報で生きて還ってきたんだそうだ。あの頃、そういう誤報はよくあったらしいよ。それで、この話は立ち消えになったと書いてあったよ。

えっ、私の知らないところで、そんなドラマがあったなんて！　と歩美は今更ながらに戦後の混乱期には、幸運の女神も、死神も、貧乏神も、知らないうちに、みんなの首筋を掠めて通り過ぎていったのだということを実感した。鹿之介は従妹の首筋を掠めて通った親戚のその後の運命に、どうしてこんなに拘わるのだろう。でも、この探偵ごっこは危険なこともないし、通り過ぎて行った運命の神のその後を垣間見るのも面白そうなので引き受けることにした。

テラスの手摺りの上を何かネズミのようなものがササッと走った。思わず悲鳴を上げてしまったが、それは可愛らしいリスだった。その愛らしさに興奮している歩美たちに、「あんなのボクの家の庭にいつでもいるよ」と、鹿之介はいかにも詰まらなそうにポツンと呟いた。

③オハイオファーム

歩美と美音子がワシントンD・C・の鹿之介の家を出たときはアメリカの首都はまだ半分眠り

から覚めていなかった。ここ二、三日は国立図書館や、CIA、ホワイトハウスの周辺など案内してもらったが、昨日の日曜日は賢二夫妻と一緒に五人でポトマック河を越えてアーリントンの墓地へ行った。鹿之介の両親はここに眠っている。そこからまた少し車を移動して、無名戦士の墓地もお参りした。グレン・ミラーの墓もあるよと言う。「ああ、茶色の小瓶の」と、歩美と美音子は同時に声を出した。では、そのお墓まで連れていってくれるのかと期待したのだけれど、そこへは行かなかった。この広大な墓地のどこにその墓が存在するのか、彼らも知らないのだろう。

彼の愛車ビュイックはまだ眠っているホワイトハウス前の公園をゆっくりまわった。鹿之介の家の庭にも可愛いリスが顔を出したけれど、朝まだき、人影もまばらなこの公園も、リスがチョロチョロ走り回ったり、木にするすると登ったりしている。今はともかく平和なのだとつくづく実感できたひと時だった。街に静かに別れを告げて、市街地を過ぎてハイウエイに入った頃、やっと乳白色の雲の切れ目から朝の陽光が洩れはじめた。三人で交代で運転しながらオハイオ州の農園に向かう予定だ。ワシントンD・C・から四三〇マイルというからざっと七〇〇キロというところだろうか。マイケルの結婚式に出席するときには国際免許を持って来るんだよ。ボクの車でアメリカ大陸を横断しようというのが、かねてからの約束だった。ハイウエイの路面を車は滑るように走る。上り勾配にさしかかると茜色の雲と乳色の路面はうねったように溶け合い、そしてゆっくりと離れる。左手にはおだやかな稜線を持つ常緑樹の山並みが延々と続く。永遠にこの緑は続くのかと思うほどで、このまま気が付いたら異界に入っていたとしても何の不思議もないような気がした頃、忽然とサービスエリアが現れる。サービスエリアには必ず立ち寄り、その都度運転を交替する。左ハンドルの右側通行といっても何車線もある広い道路には追い越す車もなければ、あおってくる車もない。ドンマイ、ドンマイと調子よく走る。こうして、走れば夕方までには目的地に着くよと、鹿之介は自信をもって断言する。二人をオハイオ・ファームへ連れて行くのだということは、シカゴに滞在中から何度も聞かされた。そのたびに賢二夫婦やユーミの間にふっと微妙な空気が動くような気がした。それは気のせいかもしれないと言えば言えるような微かな気配だったが。

しかし、目的地に向かって車を走らせているうちに、家族をもたないまま六十代を歩いている彼が、このオハイオ・ファームと呼んでいる農園に、並々ならぬ愛情を注いでいるのが言葉の端々から察せられた。いつ、この農園の敷地内に入ったのか気付かないうちに大きくてがっしりしているけれども、素朴な家の前に車がするすると横づけにされた。農園のオーナーのフランク氏が待ち兼ねたように大きな体をゆするようにして飛び出してきて、鹿之介と握手をしたり、肩を叩きあったりして何か早口でしゃべっている。ふと、会話が途絶えたと思った瞬間、歩美と美音子は彼の腕の中にすっぽり入りこむような具合にハグされていた。

見渡す限りのとうもろこし畑である。風にそよぐ緑の葉が日没時にはいっせいに黄金色に染め上がり、気が遠くなるような冴え冴えとした蒼い空が広がっている。この農園では日ごとに繰り返される見慣れた風景に違いない。フランク氏は目を細めてじっとそれを見ている。そこには大地に立ち、やさしく流れていく時間と共に生きる人の自信と哀愁が漂っている。この風景を私たちに見せたかった鹿之介の胸の裡が歩美にしみこむように伝わってきた。フランク氏は若い頃、鹿之介と中央政府の同じ部署で働いていた英国系のアメリカ人だがドイツ系の美人の奥さんと農園経営に転向し、ここで六人の子供を育てた。

賑やかな声とバイクの音が近づいてきた。息子夫婦のロナルドとドナが鉄砲撃ちから戻ってきたのだ。ドナは私たちを見つけると好奇心いっぱいの顔で近づいてきて、ケンタッキーに寄ったか。フライドチキンを食べたか。ハンバーガーはどうだったか。ソフトクリームは？　ドリンクは何にしたか。と矢継ぎ早に質問してくる。

――十一月になったら私もドナルドとケンタッキーへ行くことになっている。

と、目をきらきらさせて言うのだった。

私たちの質問の「鉄砲撃ちはどこまで？」に対しては、あっちまでと実にあっさり答える。養豚場は「そっち」の方だそうだ。「そっち」の方向に目を移すと、灯台のようなサイロがそびえている。いずれにしても百六十エーカーの自分の農園のうちのことなのだ。百六十エーカーといってても見当もつかないが、一エーカーにコーンの種を二万四千粒蒔くのだそうだ。それが全部発芽するわけではないとしても、単純計算で三百八十四万本、気が遠くなる数字だ。ヘリコプターで空から撒くのだそうだ。やっぱり気が遠くなる。

敷地内で鉄砲撃ちを楽しむという若い夫婦が、ケンタッキーでハンバーガーやソフトクリームを食べるのを指折り数えて待っているというのは、シカゴでの学歴と嫁さんの話と同じぐらいのカルチャーショックだった。

ドナの悲鳴のような甲高い笑い声がする。前輪が高く持ち上がって、後輪だけで熊が立ち上がっているような恰好のバイクのハンドルを持つロナルドの腰にドナがしっかり腕を巻きつけている。次の瞬間、前輪が着地する。バイクはしばらくの間興奮したようにブルブル震えている。ドナが今一番気にいっている遊びなんだそうだ。ロナルドもドナも満ち足りた様子をしている。着地したバイクのそばに寄ったら「SUZUKI」のマークが目に入った。

六人の子供のうち、農園の隣のゼニア市に住んでいる四人の息子や娘が、それぞれ子供たちを連れて、歩美たちを歓迎する夕食会に集まってきた。牛肉、豚肉、とり肉の盛り合わせにアップルソースが添えてある。彩りの鮮やかな野菜サラダ、マッシュド・ポテト、ミニチュアの森かと思うほどの濃いみどり色のブロッコリー。その横にライスのバターソティーが添えてある。これは、日本からの遠来の客のための心づくしのもてなしなのだろう。広い調理台の一隅にピカピカの大きい炊飯器がデンと鎮座している。主食は焼きあがったばかりの丸いパンが籐のような素材の籠に盛られて幾つも置いてある。大きなテーブルにがっちりした椅子、二十人以上の集まりがあっても、びくともしないだろうと思われる。ワインとビールも用意されている。アルコール類と米のほかはすべてこの農園でまかなっているんだよと、鹿之介は自分の農園のように自慢している。アメリカの食事といえば、大きな肉に付け合せはポテトチップス、飲み物はクリスマスの時にデパートで売り出されるお菓子の詰まった真っ赤な長靴のような大きなカップにコカコーラというのが、定番だと思っていたのが、ここで覆された。これがアメリカの農園の食事であり生活なのだ。それは実に豊かで楽しい食事だった。

鹿之介はここでは家族の一員だった。彼専用の部屋があり、歩美たちはそこに案内された。押しても引いても動きそうもない大きながっしりした巾の広い木製のベッドと、同じ木製のこれも日本なら食卓にでもなりそうな大きなデスクが置いてある。たっぷりとしたベッドカバーの全面に描かれている図柄に歩美は思わず見とれてしまった。それは、アップリケの域を超えたアートだった。「星の王子様」の一シーンを選んだものなのだろうか。それとも、「夏の夜の夢」のパックのような妖精なのだろうか。彼のかわいい十本の指の先からばらまかれた宝石のような星、そこからは、さまざまなメッセージが伝わってくるようだ。

デスクの前の壁には大小の写真がたくさん飾ってある。歩美たちにもわかる鹿之介の両親や賢二やユーミのほかに、金髪の若い女性の写真がある。飾ってある場所からも、また大きさからも、この写真は特別扱いだということがわかる。説明を求めようと目で促すと、鹿之介は、この農園を見おろしている星は神様からのプレゼントらしい。歩美たちの見たこともない星だよ。と言って二人を外へ連れ出した。

鹿之介の言葉に嘘はなかった。

「日本でも言うでしょう。天に召された人はお星さまになるって」

「………」

美音子は不意に、そう、音をたてて糸が断ち切られたように、戦後の父と長兄のことを話し出した。学徒動員で戦場へ追い立てられるように連れ出され、ソ連の捕虜収容所で病死した長兄のことや、戦後の日本のために自分の研究を役立てるはずだった父親が、息子の死を知ってから、次第に書斎から出なくなり、重い腎臓病で息子のところに行ってしまったことなどを低い声で語った。美音子の母親は残された娘三人を育てたあと、美音子が結婚して間もなく病没した。鹿之介は日本滞在中に、当然、美音子の父と弟の死について質問したはずだが、美音子は病気で死んだという以外には頑として具体的なことを言わなかったので、歩美も初めて聞く話だった。鹿之介が日本で持ち歩いていた家系図の中のただの没年月日に重く悲しい色がついた。

歩美があのお部屋にあった美しい金髪の方のことをと、問いかけようとしたら、今日は一日中車で走って疲れたよ。どう？　アメリカ大陸を車で横断するっていうのも、面白い経験だと思うよ。あさってはまたユーミのいるシカゴまでドライブだ。ちょうど今日ぐらいは走ることになるかな。そうしたら、いよいよお別れだね。今日はもう休んだ方がいい。と二人を例のがっしりしたベッドの部屋まで送ると、軽くお休みのキスをして出ていった。

ベッドカバーを二人でていねいに持ち上げて、脇の長椅子の上にそっと広げて置いた。妖精の指の先からこぼれた星がきらっと光った。

「この、ベッドカバーがなければ、あなたのシカ兄さんは、他の方と結婚していたかもしれないわね」美音子がぽそっと呟いた。美音子はときどき､呪術師のようなことを､涼しい顔をして言っては、歩美をどきっとさせることがある。

あなたのシカ兄さんてことは、私のシカ兄さんていうことなの。美音子はどんなつもりで「あなたの」と殊更に言ったのだろうか。

大きなベッドに二人で一緒に寝た。美音子はすぐ軽い寝息をたてて眠りに落ちた。歩美は呪術師美音子の言葉のことを反芻しているうちに、だんだん目が冴えてきた。そういえば、四十年以上も前のこと。歩美は高校一年になる前の年だったような気がする。シカ兄さんが戦争裁判の仕事も終わり、いよいよアメリカ本国へ帰ることになったので横浜の大桟橋まで兄や伯父など七、八人で見送りに行った。検問所のようなところで携帯品を全部保管され、着ているものの上から簡単な身体検査をされて、やっと港内に入った。生まれて初めて紙テープの端を持たされた。それだけでも充分に興奮しているのに、突然軍楽隊が「蛍の光」を演奏し始めた。船はゆっくり、ゆっくり岸壁を離れていく。「蛍のひかーり、窓のゆーきー」のメロディーが、壊れた蓄音機のように何回も何回も繰り返し演奏される。ついに、シカ兄さんと歩美の間のテープが切れてしまった。その途端に歩美は号泣して突っ伏してしまった。どうしても立てない。そんな歩美を煽るかのように、汽笛がひと際大きく鳴り響いた。どうしても立てない。兄と伯父が両側から抱きかかえて検問所の外に連れ出してくれたのと、困惑した兄に「いい加減にしろよ」と睨みつけられたのはかすかに記憶しているけれど、その後、みんなで伯父の家で食事でもして別れたのだろうけれど、全然思い出せない。歩美はこれが自分の初恋だと信じて、同級生の仲良しグループの友人にハグされたことを大袈裟に言ったり、頬や額にキスされたことを意味ありげに伝えて、友達より一歩先んじたような気分になっていた。それもこれも、いつの間にか小さい頃の秘密の悪戯の記憶よりも、ずっと稀薄なものになってしまい、歩美の頭の中からはこの件はすっかり抹殺されてしまっていたのに、この夜はそのことが、繰り返し鮮明に思い出される。

興奮して眠れない夜を過ごしたつもりだったが、アメリカ大陸のヘソのあたりを四三〇マイルも走ったせいか、ぐっすり眠ったらしい。快い目覚めだった。農園の食事は搾りたての牛乳から始まった。覚えているわけではないけれど、多分、母乳の温かさというのはこんなものではないかと想像させる〝ぬくみ〟だった。食事もそこそこにして、小型トラックで豚の様子を見に行くということになった。昨日、ドナが「そっち」と指さした方へ小型トラックは走る。荷台に寝転んで果てしなく広がる青空を眺めていると、昨日からの未知の世界に放り出されたような経験に、大袈裟でなく宇宙を感じて、ちょっと哲学的になった頃、やっと養豚場に着いた。その広いこと、大きいこと。生まれた月と、親豚の血統によって幾つものブロックに分かれているのだが、何十頭いるのか、何百頭いるのか、歩美の目には無数としか思えない。その無数の豚が変な外人のそばに寄りたがる。なにしろ、歩美と美音子はこの農園を訪れた初めての外国人なのだ。えっ、豚ってそんなに好奇心が旺盛なのと思うぐらいそばに寄りたがる。柴犬ぐらいの中型犬がたった一匹でこの無数の豚を統率している。彼が胸を張って一声「ワン」と吠えると豚は波が引くようにさーっと後ろへ下がる。ところがどこのブロックでも一頭か二頭はかならず「フン」という風に鼻をそらして、ほかの豚より一、二歩前に出ているのがいる。豚のジャンヌダルク、先覚者、革命家、ツッパリなどという言葉が歩美の頭のあたりをかすめる。かと思うと、後ろのほうに下がって、いかにも思慮深げにじっとなりゆきを見つめている豚がいる。「ねえ、シカ兄さん。フン豚と、思慮豚とどっちが好き？」。「どっちが美味しいかって訊いているの？」。「違うのよ。わかっているくせに、意地悪なんだから。シカ兄さんはどっちのタイプが好きなのかなあと思って」。「どっちも好きだよ。歩美がフン豚で、美音子が思慮豚かな」。「こらあ、私たちを豚に例えるなんて許せんぞ」。はしゃぎまわる歩美を美音子は呪術師の眼で黙って見ている。ひょっとしたら昨夜、不意に思い出した夢のような記憶は、美音子の企みだったのかもしれない。

この夜も、星空が美しかった。どこまで大地が広がっているのか想像もできない、真の闇の農園のベンチに座っていると、再び宇宙ってこんなものかなあと思ってしまうほどだ。ほんとうに神様からのプレゼントなのかもしれない。

――ボクたちは、この星を眺めながら将来のことを語り合った。だけど彼女は難病に襲われてしまった。歩美たちが使っている部屋に写真があっただろ。彼女は余命も宣告された。でも、元気そうだし、ボクが引退してこの農園で働きながら暮らすようにすればね。ここで豚の面倒をみたり、ヘリコプターでコーンの種を撒いたりと、フランクの手助けをしながら、働かせてもらえば彼女も元の健康体に戻るような気もしたんだけれど。うん。彼女はフランクの妹でね。あの戦争中はヨーロッパ系の人は収容所にこそ入れられなかったけれど、ドイツ系ということで、精神的にも、経済的にも苦労はしたので、ボクの環境も理解してくれていたし。ボクがヘリコプターから蒔くコーンの種が彼女の病原菌を食い尽くしてくれるかもしれないなんてね。でも病気はそんなに甘いものではなかったんだね。病気の方が勝ってしまった。発作が起きたとき必要な器具を持って彼女の弟が移住しているオーストラリアへ行ったのが、ボクたちの最初で最後の旅行だった。ボクが三十八歳の時だった。

――ボクは歩美と美音子にここで、この星を見てほしかった。星を見ながら、ボクが、どういう時間を背負ってこの世を歩いて来たのか、歩いているのか、誰かに知って欲しかったんだ。理解もアドバイスもいらない。ただ、ただ、知って欲しかっただけなんだ。それが歩美と美音子なのだということが、日本にいる間にはっきりわかったんだ。ボクのわがままだとはわかっていたから、ボクの夢だとあきらめていたところに、マイケルの結婚式が実現することになったじゃないか。だから、どうしても、どうしてもこの機会を作りたかったんだ。今度の三人の旅行のことをボクは決して忘れないよ。ありがとう。

――ああ、あの部屋のね、あのベッドカバーね。あれは彼女の最後の作品なんだ。ここへ来て、あの部屋に寝るとね。妖精の指先からこぼれている星からさまざまなメッセージが伝わってくるんだ。どんなメッセージかって。それは君たちにだって教えるわけにはいかないよ。

――ああ、一つだけ教えてあげる。人間はいくらちっぽけでもね、人間としての尊厳さえ失わなければ、宇宙といえども対等に向き合うことができるんだってことかな。

目が暗闇に馴れてくると、月明かりであたりが澄明になってお互いの顔が神秘的に浮き上がって見えてきた。果てしなく広がる闇の中の草原は雲海の中に埋もれているような気分になる。鹿之介の眼には涙が溜まっていた。見たこともない、想像したこともないシカ兄さんの涙。一滴の雨のようなかすかなしめり気。シカ兄さんの涙に動顛し、うろたえた歩美はとっさに「ほんニャラ、明日はシカゴ行きをやめニャンして、宇宙に行こうニャラ」。この言葉が着地しないうちに、このふざけ方は歩美の勇み足だと自覚もしないうちに、呪術師美音子のたしなめるような、非難するような眼と、鹿之介のやんちゃな眼とが同時に歩美を襲った。この時のことを思い出すと、歩美は突然「ギャーッ」と悲鳴をあげたくなる。鹿之介の誰も侵してはいけない人生を託した物語に、心ない泥をかけたような軽口、取り返しのつかない後悔が走る。シカ兄さんのあの時のやんちゃな目は決して歩美を非難してはいなかったと、思い直しても、気を取り直しても、やっぱり「ギャーッ」と心の中で悲鳴を上げてしまう。

翌朝、オハイオ・ファームとも、フン豚や思慮豚、人間より利口かと思われる犬とも別れを告げて、シカゴへ向けて出発した。シカゴからワシントンD・C・へ向かった時は、INNで一泊したけれど、オハイオからシカゴへは三人で交代で運転しながら、その日のうちにシカゴ入りすることにした。再び果てしなく続く青い空に吸い込まれるのではないか、この道は幽界への道ではないかと疑ったりしているうちに、夕方、ユーミの家に到着した。マイケルたちの結婚式に集った人たちはとっくに日常に戻っている。ユーミ夫婦が何となく気の抜けたような顔をして三人を迎えてくれた。二日後には歩美たちも日本に帰るんだね。ようし、今晩は送別会をしよう。ボクがみんなを招待するよと言って鹿之介は「ＳＵＳＨＩＢＡＲ・羽衣」へ連れて行ってくれた。鹿之介はにぎり寿司のほかにカルフォルニア巻を注文して、これは絶対に美味しいよ、と言ったので歩美たちも同じものを注文した。ユーミの夫は、かつ丼を注文している。ああ、せっかく寿司屋へ来て、かつ丼とはもったいないことと歩美と美音子は思わず同じ思いにとらわれたが、生魚が苦手らしい。ユーミは稲荷ずしとにぎりが盛り合わせになっているのを注文した。鹿之介のもたらしてくれた思いがけない出会い、慌ただしい再会、そして近づいてくる別れを惜しみつつ、ビールで乾杯した。日本で寿司屋といえば、カウンターがなければ気分が出ない。ここにはカウンターはない。そのかわり、握るところが見えるようにガラス張りになっていて、それが一つの「売り」になっている。寿司を握っている後ろにふと目をやると秋田の銘酒が目に入った。思わずこの日本酒を冷酒のまま運んでもらった。寿司はＳＵＳＨＩとそのまま発音して人気がある。中々大きい店でかなり繁盛しているらしく、活気に満ちて、アメリカ人たちは陽気にＳＵＳＨＩを楽しんでいる。二人とも寿司を食べている外国人を眺めているつもりだったが、ここシカゴでは歩美たちが外国人なのだ。

板前さんは紺色のハッピをいなせに着こなした威勢のいい若者で、そのハッピの板前さんのそばで、同じ年頃の二人の若者が彼が握りやすいように、ネタをそろえたり皿を並べ替えたり、もくもくと下準備をしている。他にも下働きをしているらしい若い男や、着物を着たウエイトレスが何人かいるのだが、ハッピの若者が格段の権力を持っているらしいことが、目配りや言葉遣いや態度にはっきり出ていた。着物姿のウエイトレスは日本から連れて来たのか、日系三世なのか、わからない。両方かもしれないし、日本からの留学生がアルバイトをしているのかもしれない。舞台裏にまわれば、若い男女がこういう狭い社会に集まっているのだから、当然恋も生まれるだろうし、ここに留まるべきか、日本に帰るべきかと悩んでいるカップルもあることだろう。忙しそうにしている彼らを見ながら歩美は余計なお世話だと思いながらも、ここに流れ着いた人たちのそれぞれの人生を想像し、どんなきっかけで、ここに来ることになったのかなと色んなことを想像しながら、鹿之介が推薦したカルフォルニア巻を口に運んだ。セロリーや生ハム、レタスなどを手巻きスタイルにしたそれは、非常に美味しかった。

アルコールがまわったのか、ぽっと頬が紅くなっているユーミに向かって鹿之介が、ボクも近いうちに一度、オーストラリアへ行って来るよ。ああ、彼女の弟さんの家族のところね。兄さん、あそこの息子の大学の費用出したんだってね。うん。でね、大学も出て就職したから一回遊びに来てくれっていうのさ。ふうーん。ユーミが興味なさそうに返事をしているのが耳に入る。オーストラリアか。あの土地は彼にとって忘れがたい土地、聖地なのかもしれない。鹿之介が、ボクの招待なんだからと言ってカードで支払っていた。ＳＵＳＨＩ ＢＡＲというのはたいへん高い店らしい。

その夜も歩美と美音子は一つのベッドに寝た。ワシントンの鹿之介の家でも二人に与えられた寝室は地下室だったが、ここでも寝室は地下室だった。シャワールームとお手洗い、それに大きなクローゼットルームがあり、ゲストルームではないけれど、外からの音が遮断されているせいか、部屋全体が落ち着いた色調のせいか居心地のいい部屋だった。


シカゴの最後の夜を夢と現実の間をさまよっているうちに、朝を迎えた。ビジネスがあるから空港まで送って行けないというユーミの夫とは玄関で別れのハグをした。鹿之介とユーミ、歩美と美音子の四人は、鹿之介の車で空港へ向かった。

さきほどから鹿之介が心配している。国際線に乗り換える時に間違わないようにとか、やっぱり、シアトルまでボクがついて行けばよかったとか悔やんでいる。

ユーミが「シカ兄さん！　何をそんなに心配しているの。ドンマイ。ドンマイ。そんなこと言っていると歩美さんたちに怒られてしまいますよと、二人の気持ちを代弁してくれた。「それより、私たち、朝食をとっていないから、コーヒーだけでなく、何か食べた方がいい。たぶん、シアトルまでは機内では何にも出ないはずだから」、としきりにメニューをチェックしている。

早朝のシカゴ空港の国内線のロビーは活気があった。黒いアタッシュケースを持った男性が、すっきりしたスーツ姿に似合う無駄のない足取りで通り過ぎる。高いヒールの靴の上に、気持ちよく背筋を伸ばした女性が風を切るように歩いている。快く緊張した空気は、ふっと東京の臭いを歩美に思い出させるような気がした。

日常がもうそこまで来ている。

雨やどり

夕方、仕事先から戻ってきた雅之が、「行こうか」と言った。「どこへ?」「どこでもいいよ」「うん」。これだけの会話だけだったのだが、雅之は首都高速の渋滞を縫うようにして抜け、東名高速を沼津インターで降りて伊豆の西海岸へ車を走らせた。雅之と沙也はほとんど無言だった。雅之は車の中に、チェロだけの演奏でポピュラーとクラシックが混じりあったCDを用意していた。沙也もこれ以上夫に心配をかけないようにと、流れる音に身を任せようと努力するのだった。沙也は不意に心と体の均衡が崩れる時がある。一緒に暮らしている間に、何となくそれを予知するようになった雅之は、さりげなく沙也の気分転換を図ってくれる。

しかし、雅之は単に気紛れで、伊豆の西海岸へ車を走らせたわけではない。今度こそはあの辺りへ行ってみようと、心の中で深く考えていた。とは言え、はっきりした目的地も決めないで出かけたので、むろん宿の予約など取っていない。何軒かは断られたものの、彼は違うルートへハンドルを向けることなく、今夜はもう夕食は要らないから二泊したいと何軒かの宿をあたった。週末にもかかわらず幸いなことに、地味な民宿風の旅館に宿を取ることができた。こんなものしか用意できないけれどと、ビールのつまみに小魚の揚げ物や、山菜の和え物に添えて、まだ夜は冷えるからと鍋焼きうどんまで出してくれた。おかみのほっとするような素朴なもてなしに、すっかり心がほぐされた二人は、程よい疲れと共に久しぶりに快い一夜を過ごした。

翌朝、雅之は昨夕の仕事を終わってからの長いドライブに疲れたのか、一度目が覚めてから「もうひと眠りさせてよ」と蒲団にもぐってしまった。一人で朝の露天風呂で鳥の囀りを楽しんでき

た沙也は帳場の横の、

――世界中の陶片を展示してある個人資料館

当旅館より車で数分――

という張り紙に吸い寄せられた。おかみは予約なしの客にさりげなく気を遣っていたのだろうか。留守のことが多いので、興味がおありでしたら電話をしておきますが、と声をかけてきた。沙也は世界の陶片よりも、その資料館の場所に記憶の動くものがあった。露天風呂から目に映った海岸線にも、かすかに心に波を起こすようなものがあった。しかし、沙也のデジャブもそこまでだった。遠目にも海岸に向かって広がっている家並みには、日本の温泉街の風情がない。スペインの南海岸に来たような、黄、緑などの原色の屋根が広がっている。ああ、これが噂のペンション村というものかと、沙也は一人で納得した。

――歩いても行けますけど、車でお送りしますよ。

と言うおかみのの言葉に甘えて、

――昨夜遅かったので、夫はまだ眠ってますし、朝食は私が戻ってからにして下さい。

と、おかみに断って、資料館まででかけることにした。番頭さんが陶片の資料館の前まで車で送ってくれた。

山の頂上あたりはバイパスがループ状に走っている。かつては、鄙びた村落だっただろうと思われるはずのそこ、ここに瀟洒な家が建っている。そんな家の玄関横には、必ずこぢんまりした車、新車でしゃれた色彩の車が、実に上手におさまっている。積み木の一片を細い指でつまみあげて、ぽんと狭いところに置いたような車庫入れは、私にはとうていできない、沙也は胸の内で呟いた。しかし、チョロチョロ流れている小さな流れに、あるいは大きな岩から乗りだすような松の枝振りに、また山から見下ろす海岸線にも、頭の隅っ子に隠されていた記憶がかすかに刺激された。

低い石垣に横長の陶板がやや不器用に埋め込んである。「陶片資料館」と読みとれる。陶板に沿って石段を五、六段登ったところに庭が広がり、正面はこぢんまりした玄関。資料館らしい建物はその右手にあった。沙也は玄関に立って遠慮勝ちに声をかけた。いっとき間をおいて小柄な老人が姿を見せた。明るい紺のめくら縞の作務衣をまとった老人から、ふっと懐かしい風が流れ、風の中にかすかな音がまとわりついている。沙也の視線に気が付いたのか、老人はにっといたずらっぽく笑って手の先を振った。小さな土鈴が手の平におさまっていた。

おかみが電話で連絡してあったのだろう、老人は何も言わないで沙也を資料館に招き入れた。世界中というのはオーバーな表現かもしれない。しかし、日本中の土が集められているという感じはした。表示してある地名の箇所の蓋をあけると、そこの土を一〇〇〇度Cで焼いた時、一二〇〇度C、一三〇〇度Cの時と、さらに何の釉薬をかけた時、などと細かく分類した標本が整然と入っている。その分類箱がとにかくずらーっと行儀よく並んでいる。小学生の時、理科室で見た鉱石の標本を思い出しながら、そのマニアックなまでの標本に圧倒され、余り興味がない

まま、漫然とながめている沙也の耳元に、
――これはね、静岡の日本平の土ですよ。こっちのはね、まさにこの裏山の土なんですわ。
その裏山の土の中でも低い温度で焼いたという切片の鈍い色が、沙也をいきなり二十数年前に引き戻した。

春先だった。山寺の藁葺きの大屋根は音もなく雨を吸い込んでいく。静かだ。そろそろ昼に近い時刻になっているはずだが外は暗い。天気さえ良ければ、庫裡の二階の奥にある納戸にも、横長の細い窓を通して春の日差しが、部屋の中ほどまで入り込んでくる頃だ。沙也は一カ月前から、普段は納戸として使われている、いや、今でもれっきとした納戸として機能しているこの部屋で起居している。ここにいると時を刻むという現実が希薄になってくる。納戸にかかっている子どもの背丈ほどある柱時計の大きな振り子は微動だにせず、刻をとっくに停止させている。

沙也は横長の小さな窓に顔をくっつけるようにして、目の下に広がる雑木林に目をやった。芽吹きどきの雑木は降りそそぐ雨を迎え入れるように、天に向かって両手を広げている。沙也にはそれが眩しかった。雨は止みそうもない。ふと気配を感じて振り返ると、猫のムーが階段から半身だけ出して沙也の方を見ている。「居候はそろそろ下へ下りてきた方がいいよ」と言わんばかりに沙也の目をとらえると、すっと身をひるがえして視界から消えてしまった。ムーの意外に強い眼差しに沙也は一瞬、怯えた。

――サヤちゃん、下りて来なさらんか。お芋さんふかしたでね。

大黒さんの包みこむような声が、下からふかし芋の湯気のようにのぼってくる。

沙也は庫裡の外にある流し場のポンプを勢いよく漕いで冷たい水に手を浸して顔を洗った。濡れた手で頬をビチャビチャ叩いた。柴犬のアンナが足元にきてじゃれる。寺で飼われている柴犬がどうして「アンナ」なのか。犬小屋の入り口にも立派な木の表札があり「アンナの家」と書いてある。

――サヤちゃん、卓二さんにも声をかけてきてよ。お芋さん食べにおいでなさいとね。

寺にはもう一人、卓二という居候の先輩がいる。言われた通りに沙也は「いつまで工房」をのぞいて声をかけた。

卓二さんは、村の人に陶芸を教えているのだと、いつだったか方丈さんが言っていたのを聞いたことがある。方丈さんも大黒さんも時間の許すかぎり、この「いつまで工房」で土を練って、村の人と一緒に小さなものでも器を作ることを楽しみにしているのだとも話していた。

寺は村が一望に見渡せる小高い山の上にある。村から寺までの急坂に対し、寺の裏側は台地になっていてミカン畑がゆるやかに広がり、台地の一角からは清水が滲み出るように湧き出し、透明なガラスの帯のようになって寺の敷地に沿って流れ、敷地の尽きるところから小川となり、村の真ん中を流れている川に小さな滝となって注ぎこんでいる。小さな滝の小さな滝つぼは、ここの村人のように穏やかでやさしく、子どもたちは夏になるとそこで水浴びをしたり、泳いだりする。ここが物足りなくなる年頃になった子、小学校も高学年になった子たちは、海へ足を延ばすのだった。この伊豆の西海岸に接する駿河湾は、湾の中にさらにいくつもの小さな湾があり、凪いだような海は沙也のような都会育ちの子にも、絶好の泳ぎ場を提供してくれるのだった。沙也もあの頃、そう、あの頃は毎日のように、この湾まで足を延ばして泳いだものだった。

「あの頃」、つまり戦争も終わりに近い頃、学童の集団疎開を避けて家族で疎開してきたN市で空襲を受け、沙也は弟や妹と一緒に戦争が終わるまで、この寺に避難していた。兄は学徒動員で近郊の工場に駆り出されていたので、母は焼けたN市にとどまっていた。本堂の黒っぽい、眼光の鋭い仏像は沙也がどんなに体の位置を動かしても、どこまでも視線が追いかけてくるので薄気味悪かった。仏像の斜め後ろにある秘密めいた扉を開けると、そこは薄暗い位牌堂になっている。墓に納骨されないまま、白布に包まれた骨壺が位牌の前に置かれているのもある。夏だというのに木の床はひんやりとして足の裏に吸いついてくるようで思わず足先に力が入る。避難してきた子どもたちは沙也たちだけではないので、その世話に大忙しの大黒さんの手助けをしなければと、沙也は毎朝この位牌堂の水と花を取り替えたり、食器洗いを手伝ったりした。夕食の後片付けの最後の仕事は、裏庭に掘ってある大きな穴へ野菜くずなどのごみを捨てに行くことだった。そんな時、しばしばこうもりの羽ばたく音に脅かされた。寺に来てから十歳の誕生日をひっそり迎えたばかりの沙也にとっては、その穴の先には土葬だった頃の墓地があると聞き、震えあがったものだった。

戦争が終わってからも、空襲で住む家を失った沙也は弟妹と三人でしばらくこの寺の厄介になっていた。あれから十年余、古い山門までの坂道には姫辛夷が枝を張り、川っぷちの桜も柳も相変わらず堂々と辺りを睥睨している。戦争中、鉄の供出で屋根だけになっていた鐘楼には釣鐘が戻ってきていた。村の篤志家だけでなく、朝晩この寺の鐘を聞いて大きくなって村を出た若い衆も「おいらの寺に鐘を!」と、寄付を集めて成就したのだそうだ。本堂の前の松の古木も、藁ぶきの大屋根の下に見え隠れするコウモリの巣も、恐ろしいどころか何かほっとするものを感じさせるのだった。鐘楼を回り込んで裏庭に出ると卓二が起居している「いつまで工房」がある。

「卓二さん、お芋さん、食べにおいでなさいってよ」

その頃の卓二はいつもロクロの前にどっかと腰を据えていた。何もしなくてもそうしている。大地に繋がったまま、動く気配を全く感じさせないという風だった。ロクロをひいている時は、足、腰、背骨、首筋と全神経を集中しているのが沙也にもわかるので声をかけることができない。特に形ができ上がろうとする最後の時、それは瞬間と言ってもいいような特別の刻。澄明と狂気がすっと触れ合う。壺の口が、茶碗の縁が不意にそこに存在する。静かに音もなくそれはそこに存在する。これから皿の底を、茶碗の高台をどんな風に削るのか、釉薬は? そして、どんな炎によって焼き上げるのか。静かな後ろ姿の中に、卓二は未知への期待を全身に潜ませてじっと動かない。そんな時、卓二の手や指が肉体につながったのではなく、別個の個体として空間にたゆたっているようだった。そして卓二の肩のあたりには厳しい沈黙が潜み、いつもよりなお一層、何者も寄せ付けようとしない気配を漂わせていた。

卓二は珍しくラジオを聞いていた。六十年安保のデモで死んだ女子学生の名前が聞こえてくる。あの事件からやがて一年が経とうとしている。沙也の声に振り向きながら、

「沙也さんも食べるの？　ああ、好きなんだ、芋が」

「こんなに抵抗のない空気って、私、生まれて初めて。内臓がふかし芋でも何でも受け入れてしまいそうなの」

「やさしいんだね」

「やさしいなんて。私はやさしくないんです。ひねくれているんです。でも、大黒さんの動きを見ていると、とっても素直になって何でもないことにも魅かれるんです」

「ああ、確かにここにいると、五感がのびのび開いていくようだ」

「姫辛夷の足元のクサアジサイも、オミナエシも、そろそろ花が咲きそうだし、山百合があんなに群生しているなんて！」

「信じられないって言いたい？　ここの方丈さんは朝比奈宗源のお弟子さんだからなのかなって、僕も思っていたところさ」

「…………」

「まあ、そういうわけでもないだろうけれど。芋を食おうって誘いにきてくれたんだったね。まず、芋を食おう。お庫裡さんが待っているよ」

卓二は大黒さんのことを〝お庫裡さん〟と呼ぶらしい。

沙也はまだ、卓二と会話らしい会話をしたことがない。こんなにも人間っぽい、温かい声の人だったのかと、胸がじわっとにじむのを感じた。卓二は立ち上がりながら、

「芋を食ったら、ちょっと墓場の方へ行ってみないか」

「雨の中を？」

「雨はもうあがるよ。とってもいい墓があるんだ」卓二はふっと声を落として低く言った。

卓二の目にひそむ寂寞が一瞬濃さを増した。沙也は卓二に視線を預けたまま黙ってしまった。煙る雨の中で二人の視線が一瞬絡みあった。

駿河湾の光は闇など知らぬげに穏やかに大空に立ち昇り、遠くにはかすかに丸みを帯びた山並みが、にじんだ墨絵のような広がりを見せている。ところどころに五十軒前後の村落がある。そんな村落の一つに飯辻村があり、飯辻村を一目で見渡せるほどの高さの山の頂上に寺はある。一睡寺という。檀家は飯辻村の集落だけなので、その収入だけで暮らしているわけではなく、お茶の栽培と蜜柑山の収穫が加わって寺の暮らしは成り立っている。

広島で生まれて、京都の寺で修行し、無住寺だった一睡寺を引き受けたここの住職は、沙也の父親の遠縁にあたる。方丈様と呼ばれて村人から信頼されるようになった住職は、やがて、めんこくて健康な村の娘を「ヨメッコ」にして、この土地の人間になった。子どもも三人いる。長男

はN市の寮のある高校に入っている。下の二人は村の分教場に通っている。飯辻村は全村五十六軒が竹田という同じ苗字なので、竹田村と呼ぶ人もいる。分教場の先生と方丈さんだけが違う姓なのだ。村では本家の敬一さん、川みなみの浩司さん、敬一さんの分家の芳郎さんという風に呼び分けている。沙也の父は方丈とも年が近く、生家も近く、学年は違ったものの中学校までは一緒だったというわけで、昔から仲がよかった。京都の寺で修行していた頃、たった一晩だけ、外泊の許可が出たので、結婚したばかりで神戸に住んでいた沙也の両親のところへ遊びに行き、泊まったことがあったと方丈さんが、いかにも懐かしそうに話すのを聞いたことがある。沙也の父は早々と世を去っていったが、沙也たち一家はN市に疎開してきてからは、頼るところもないまま、何かにつけて一睡寺の方丈さんを頼りにしていた。戦後、やっと東京の母方の実家の近くに戻り、沙也一家は何とか生活の目途はついたが、戦争末期、空襲で焼け出された後、世話になった山の寺を訪問するという余裕もないまま戦後の何年かが慌ただしく流れてしまった。

その寺の前に沙也は十数年ぶりかで立ったのだが、容易に庫裡の戸を開けることができなかった。昔、土葬だと信じていた墓場は、実は土葬ではなかったということはすでに知っていたが、庫裡の入り口に立つ前に墓場を魂が抜けた人のように歩いている沙也を見たら、人は何と思っただろうか。何基も立ち並ぶ墓からは、何代にもわたって家を守ってきた人々の喜びが、恨みがねっとりと沙也を包んだ。墓の周囲は名も知らない短い草がぎっしり生えている。沙也の足音は音もなく草の根を伝い、小さな城の濠を思わせるような石垣を伝って墓の中に吸いと取られてしまった。

　沙也が肺結核の療養所で三年間を送っている間に、沙也の恋人は新しい健康な相手を求めて去っていった。母は力尽きたように長男の転勤先である九州へ行き、孫を相手に暮らし始めた。末っ子の妹は嫁ぎ、弟も母と暮らしていた小さな都営住宅で、ままごとのような新婚生活を始めたばかりだった。沙也は退院後の自立のあてもないまま、弟たちの生活を脅かすわけにはいかず、スーツケース一つを提げて家を出て、気がついたら、この寺の門前に立っていた。とは言え、世話になれる筋合いではない。ふらっと墓地の方に足を向けていた。あらゆる存在の最終結果が死であるということ、それが具体的にはどういうことなのか？　沙也は墓地で眠っている人たちに問うてみたかった。

　山は陽の落ちるのが早い。セーターの上にジャケットを羽織っていたのに、寒気が足元から立ちのぼってきてぶるっと震えた。その勢いに押されるように向きをかえて、庫裡の入り口に立った。


　色白の愛嬌顔をした「ヨメッコ」は、ゆったりした性格で「大黒さん」と呼ばれて誰からも好かれていた。何よりも方丈さんと夫婦仲の良いのが村人を安心させた。村の寄り合いには寺が使われる。ご詠歌の練習も経文の朗読もみんな本堂の続きにある畳の大広間を使う。寺にはこの畳の広間のほかに、本堂の外側三方を巡っている廊下の突き当たりに、六畳ほどの茶室がある。茶室とは名ばかりの荒れたままで、沙也たち一家の疎開先の家に入りきらなかった道具類や、戦争中は袖を通すことができなかった着物や、日本舞踊の衣装などを入れた長持が積み上げられ、物置代わりに使われていた。戦後、その衣装や道具類は、蟻の引っ越しのようにちびちびとN市に運ばれ、大半は米や芋に交換されて沙也たちの命をつないだ。物置から解放された茶室を大黒さんは畳を替え、躙り口の桟一本一本を柔らかい布で磨き、上部の竹は新竹に替えたり、障子紙を張り替え、水屋には大工の手を入れて、お茶の稽古ができるようにした。お茶のお師匠さんは大黒さんだった。寺は自然の営みが持つゆったりしたテンポで動き、飯辻村に憩いの場を提供している。

一睡寺には蜜柑の収穫時や茶摘みの時期には五、六人の季節労務者が来る。村でも人手の足りない家ではそうするのが習慣だった。寺にはその人たちが宿泊する木造の一棟がある。大きな土間に続いて囲炉裏の切ってある部屋、そこでは一日の労働が終わった〝男衆〟が食事をしたり酒を飲んだりする。その奥には押入れだけが付いている八畳の部屋が二つ並んでいる。

二年半前、季節労務者としてここへ来た何人かの中に卓二がいた。実家は瀬戸の近くで実用陶器を作る下請け工場をやっていたが、大学を中退してからは実家に寄り付いていなかった。寺のほど近くに広がる斜面の土は粘土質で、少し粗いが紫や黄白色の層になっている。労を厭わずていねいに水簸《すいひ》をほどこせば陶土として使えそうだ。子どもの頃から土に親しんでいた卓二の体の中の血がざわついた。方丈さんも大黒さんも土をこねて焼き物をするということに漠然とした夢を抱いていたので、話はたちまち具体化した。

具体化したとは言っても、それが一回限りのお遊びなのか、継続するものなのか誰にも見当がつかなかった。蜜柑の季節が終わったあと、卓二は寺に残り、水簸をほどこして粘土作りを試みた。村人たちと縄文時代に戻ったような気分で思い思いの器を作り、山の斜面を利用して野焼きをした。村には炭を焼く年寄りが何人かいて協力してくれた。燃え盛る大きな炎の底にあるそれぞれの土器に思いを馳せる野焼きは大成功だった。燃え盛る炎を村人たちと協力して濡れた布や新聞紙で蔽い、じーっと期待を込めて見つめていた何時間は、村人たちと卓二の距離をびっくりするほど縮めた。卓二は方丈の勧めるままに、この村に留まることになった。

季節が来れば労務者の宿舎となるこの建物に、方丈が「いつまで工房」という愛称を付け、卓二はここで村の人に陶芸を教えることになった。とは言え、卓二は決して教えているなどとは思っていない。やらせてもらっているのだと思っている。村人たちも陶芸などと考えているわけではない。土を練って形を作り、自分たちで集めた薪で焼く。方丈さんも大黒さんも一緒になって皿や花器、茶碗など好きなものを作る。二人は村人と共に、この作業が始まるのを心から楽しみにしている。

土間には頑丈な練り台が用意され、両脇の壁には材料や小道具を置くための棚、素焼き前の作品を並べて干す棚などは、卓二の体の中の記憶を呼び覚ましながら出来上がった。実家のことを、――下請け業者で泥まみれの職人ですよ――と言いながらも、寄り付かなかった瀬戸の実家に戻って埃をかぶっていた古い蹴ロクロをもらってきて、縁台のようなものを作り、按排よく据え付けた。方丈はその手際を見て、伊達に土と炎を見て育ったわけではないのだと感心した。

卓二は体内の血に火がついたのか、炭焼きをする年寄りと試行錯誤しながら小さな穴窯を築いた。二十代も終わろうかというのに定職もなく、雇ってくれる会社もなく、流れ労働者をやっている息子を、親が心配していないわけがない。方丈たちには、卓二の両親がなまりのある柔らかい声で、嘆いているのが聞こえてくるような気がするのだった。定職とは言えないし、収入にもあまりつながらないとは言え、今度のことで実家とも連絡をとるようになったということは、いいことには違いない。方丈さんと大黒さんはそのことを信じて祝福した。

卓二が沙也を案内してくれたのは「倶会一処」と刻まれた墓の前だった。この静かにひっそりと息付いているような村にも戦争の傷跡は大きく、陸軍歩兵二等兵何某の墓などというのが、何基か聳えたっているなかで、「倶会一処」とだけ刻まれたこの墓は静かな佇まいを見せている。裏へまわったら建立した女名と並んで「朝比奈宗源書」と記されていた。雨上がりのまったりした空気の中で、今まさに夕陽が沈もうとしている。

「僕はこの夕陽に巡り合えただけでも、この寺にいる甲斐があると思っているんだ。そしてね、この墓の前で見る夕陽が一番美しいんだ」

「今日の夕陽は今日だけの恵み。ありがとう。卓二さん」

沙也は卓二の夕陽の贈り物が嬉しかった。空を赤く焼いている太陽は生き物のように、ゆらっ、ゆらっと左右に揺れているように見える。はっとした瞬間、音もなく姿が隠れた。樹林が黒くあぶり出されてくる。

「自然には兜を脱がざるを得ないね」

「私がこの一睡寺に引き寄せられるようにって言ったらいいのかな、迷い込んだ犬のように門の前に来てから、二、三日して大黒さんが、沙也ちゃんが庫裡の入り口に立ったとき、栄養失調かと思っておじさんと心配したんだよ。娘さんらしくもう少しは太りなよねって。この寺へ吸い寄せられるように来た事情を、それとなく話しやすいように水を向けて下さったのに、私は……私ときたら『はい』と返事をしただけなんです。私はひねくれているんです。でも……」と、沙也は目を遠くにおいたまま、

「ここの自然にじっと浸っていると、血の流れが変わってくるような気がします。雨の匂いの中に佇んで、薄いみどり、濃いみどりの山の景色に見とれていると、時の流れが止まって、何か大きなものに守られているような気がするんです。でも、本当は自然は一刻といえども、留まってなんかいないんですよね」

「そうなんだ。朝はまだ開いていなかった花が、気がつくとわずか二、三時間後には開いているし、木の芽が刻々とふくらんでいくのがわかるんだ」

「とどまっているのは私だけなんです」

「さっき、何を祈っていたの」

「忘れたくないことを、忘れさせて下さいって」

「えっ……」

「言葉より雄弁な沈黙ってなんだろうかとか、沈黙しか語れないものと心中したくなったり、逃げ出したくなったりと、私って支離滅裂なんです。今日のように雨の匂いを胸いっぱいに吸い込むと、幸せってこういうことなのかなあって……」

「雨の匂いか……。そうなんだ。僕にとって雨の匂いより……」

一瞬、間をおいて、「催涙ガスの匂いだ……」という言葉がポロッとこぼれた。

——催涙ガスの匂い——という言葉を卓二が発したとき、沙也の脳裏に、はっきりした画像が浮かんだ。濃霧のように音もなく広がる白煙の中を、頭を抱え込むようにして、体を丸めて、わずかに透けてみえる都電の鈍い銀色のレールをたどって、ひたすらに、ただひたすらに逃げている卓二の姿を容易に思い描くことができた。不意に一羽のコジュケイが近くの木から飛び立った。

沙也がこの寺に身投げするように来てから三カ月が過ぎようとしている。沙也が来た頃は菜種梅雨という呼び名がふさわしい煙るような雨が静かに降っていた。農作業にとってはかけがえのない春の雨は空の水道といって歓迎されている。今年は雨が多いねと、大黒さんは独り言を言っていたが、梅雨明けはもう眼前に迫っている。その証拠に梅雨の合間に見せる太陽はすでに来るべき夏を十分に予測させるものだった。夕方になると「倶会一処」の墓の前に腰をおろして二人で夕陽を眺める日がしだいに増えていった。

療養所に入院していた頃、自分の宇宙観を話すのに夢中になる患者がいた。退院の見通しがついたような患者は、食事がすんでも娯楽室で何となく時間を費やす。十四インチのテレビと本棚がある。この患者は、療養所の主のような存在で七十歳になる男性なのだが、誰のために聞かせるというのではなく、自分のために、自分が確認するために話しているようだった。

――吾があるから宇宙は存在するのです。私のこの肉体が滅びれば、そのとき、この宇宙は消滅するのです。と、断固とした口調で話すのを聞いて、突然の発病、入院で、強引に死と向き合わされ、平常心を失っていた沙也は、ただ茫然としてその言葉を聞いたものだった。

京都妙心寺の流れを汲むこの一睡寺には、白隠和尚も寄留したことがあると伝えられている。江戸時代のものといわれる古びた太い柱や、板戸には、ほとんどこれらと同化するほど茶褐色になった色紙が、かかっている。色紙には《生死事大・無常迅速》とか、《今時黙照の邪党を挫き云々……》などと、ところどころ拾い読みできる白隠和尚の詞句が残されている。何度もそれらを頭の中でこね回しているうちに、禅の公案がふっと解けるように、〝吾があるから宇宙が存在するのです〟と、白い髪を逆立てて声高く叫んでいた老患者の顔を思い出すことがあったのだ。

寺にしばらく厄介になることになった沙也は、土練りという仕事の基本を教えてもらい、村の人たちが使う粘土の下準備を手伝うことになった。土練りという単純に見えるこの作業が、最初は沙也にとって全くお手上げの状態だった。卓二が菊練りをしている作業を見たとき、沙也は感嘆して思わず見惚れた。土の塊をみるみる菊の花びら状に練り上げてしまう卓二の手の平には、何か魔法の仕掛けがあるのではないかと思うほどだった。俗に菊練り三年という。どんな窯元に修行に入っても三年間はひたすら土を練るだけということなのだ。卓二は沙也に教えるとき、「手先でやっては駄目だよ。腰だよ。体でリズムを覚えて」と何度も言った。

さきほどから沙也は黙々と土を練っている。土の中の気泡が抜けるのと入れ替わるように指先から水分と脂肪分が土の中に吸い込まれていく。練られているうちに醗酵する陶土のにおいと、連日の雨による湿気とで、部屋の中の空気が重たく、土臭い。卓二がちらりと沙也の手許を見たが何も言わない。今日は及第点なのだろうか。毎日土と接しているうちに土の呼吸が聞こえるようになる。手の平だけが土と会話しているのではない。全身が耳だった。土と対話していると次第に無口になり、無心になっていく。麻薬の持つ恍惚感とはこういうものだろうかと思うこともあった。沙也は菊練りに入る前の、この荒練りをしているときこそ無心になれた。荒練りが終わると土の塊を端から畳み込んでは掌で中の空気を押し出すような作業を繰り返す。やがて土は菊の花弁が重なったような形になる。そうやって充分に気泡を抜いて、土の目を同じにして村の人たちがすぐ使えるように準備しておく。陶芸に限らず、何事も最初の段階でそのものに向き合わなければならない。陶芸も土練りから辛抱強くやらなければ、ロクロを挽く資格はないのかもしれない。石垣を上から積んでも無理があるのはわかっている。しかし、こうして土を準備しておかないと農作業のかたわら陶芸を楽しみたい村人には、一日で形のあるものを作ることができない。ロクロを挽いて形ができたものを自然乾燥したあと、タイミングよく削る。ロクロを使うにしても、手びねりにしても、天候相手の農家にとって、手際よく仕事がはかどるように段取りを組まなければならないのだ。

夕刻から急に雲が切れた。卓二が、

「沙也さん。いつだったか、今日の夕陽は今日だけのものって言っていたよね。今日だけの夕陽を見に行こう」

二人はその夜、ずっと以前から定められていたかのように抱き合った。言葉はほとんど介在しなかった。沙也にかかる温かくて重い卓二の体重を、沙也は支えきれない大きさだと思った。

一年中で最も忙しい茶摘みの季節も終わって、村の衆もほっと一息つく時間が持てるようになった。焼くのを待つばかりの村人の作品も大分たまった。村の男たちはちょっとした時間を見つけては、赤松や雑木の丸太を積み上げ、さらに窯で使えるように五、六十センチほどに切りそろえたものを鉈で割る。そんな作業に惜しみなく力を貸した。木の種類によって分けられた薪の大きな山がいくつもできた。いよいよ火入れの時期が近づいてきたようだ。今度の火入れは野焼きの時とは違って、卓二がかなり緊張しているらしいということが、痛いほど伝わってくる。明日は窯詰めだ。卓二の兄が瀬戸から手伝いに来てくれることになっている。窯詰めが終わったら清酒と塩で清めて、方丈がお経をあげてから点火する。助っ人の兄がいるとしても、兄には熟練の陶工の先輩として教えてもらうこと、聞くべきことはたくさんあっても、実際に炎の色を見ながら窯に薪を入れるのは卓二の責任だ。窯に火が入れば、卓二は窯のそばで仮眠をとるだけの日が三日三晩続く。

昨夜は昼間の暑気が残り、樹液の匂いがむっと流れ込むような蒸し暑い夜だった。沙也は長い間、卓二に抱かれていた。窯入れを控えての緊張と興奮からか、卓二は沙也を離さない。甘ったれて凭れかかってくる。重い。でも沙也は、それが君と一緒に歩いていきたいよと、体にじかに語りかけられているような気がして幸せだった。

いよいよ明日だなと、沙也は本堂にあがる正面の階段に腰かけて空を見あげた。久しぶりに空が高く星が美しい。深く息を吸い込んだ。山に、木に、風に、星に、かすかに聞こえてくる滝の音に生命がある。時がゆったりと流れている。猫のムーが擦り寄ってきた。いつだったか方丈が、

「ムーは無ーが語源なんだよ。曲がりなりにもここは禅寺なんだから。カッ、カッ、カッ」

と笑っていたのを思い出す。

「沙ーチャン、ムーを見ていてごらん。無ーとしてだよ。オレは世界中で一匹しかいない。一番えらいのだと威張っているみたいだろう。ただ一つだから、ただ一人だから誇らかなんだよ。花は花として美しく、木は木として素晴らしい。花と木をくらべて価値を論じるのは愚だよ。人々本具、個々圓成。うん、まあ、艶書でもいいけどな」

「じゃあ、犬のアンナも何か禅語に関係があるのですか？」

「いやあ、あれはね、あんな犬を拾ってきて、あんな犬をどうするのって、息子がN市のどこかで飢えているのを拾ってきたとき、かあさんが連発したのさ。世話をするのは結局かあさんだからね。で、アンナさ」

「『アンナの家』なんて立派な表札がついているので、よほど、やんごとなき家柄のご出身かと思ってしまった」

「縁じゃよ。何事もな。ま、それはさておき、山寺に生まれよったのに、娘がアンナという名が気に入りよってな、友だちと表札を作りおった。おおかたカタカナ名前に憧れてのことじゃろう。カッ、カッ、カッ」

方丈はいつもとぼけたようなことを言っては、最後にカッ、カッ、カッと笑う。『人々具足、個々圓成』という語もこの寺へ来て知った言葉だが、あるがままにまどかに生きていくということは、何とむずかしいことだろうと、方丈の言ったことを月明かりの中でしみじみと思い返すのだった。

ムーは物思いに沈む沙也に退屈したのか、最初から無視していたのか、大きく伸びをすると庫裡の方へ消えた。


風呂を出た卓二が野良仕事用の木綿のズボンをはいて、上半身はランニングで出てきた。

「いくらなんでも外はそれでは寒いわ。何か上にひっかけてきたら」

「大丈夫だ。それより沙也さん。ここのところ家の者ともたびたび話をする機会が増えて、いろいろ考えたんだ。兄貴は職人として親父と一緒に工場をやってきた。これからもそうだ。性根が座っているよ。僕はと言えば、生まれた土地から、親父から、離れることばかり考えていた。そして、選んだ道が美大で彫刻をやっていこうということだった。その頃は学制改革の只中でね。と言っても沙也ちゃんの頃にはすでに六・三・三制は当たり前のことだったかもしれないけれど、戦争から生きて還ってきて、復学するものもいたし、復学すると言っても制度は変わっているし、家族そのものがぽっかりなくなっている者もいるし、ずいぶん混乱していた。そんな中でふっと空白の時間ができたので短い期間だったけれど、親父の関係で寝るところと、食べることが保証されている、ある陶芸作家のところへ住み込みで手伝いに行った。大勢の弟子がいて手足のように動いていた。話には聞いていたけれど窯出しをすると、これぞと思う作品以外はその場で割ってしまう。みんなが飢えている、あの時代にだよ。

僕はただの手伝いだから現場に立ち会うことはできなかったけれど、そういうことなのだ。確かに芸術家として当然のことかもしれない。しかし、僕のように陶工として働く親父を見て育った者にとっては、あれだけの人力を使い、土を使い、赤松だ、楢だと吟味した木を灰にして、たった一つか二つの壺を、あるいは茶碗を残すだけというのが、許されるのだろうかと考えた。許せない気がしたのだ。一本の木があそこまで成長するのに何十年かかると思う。土だって千度以上で焼くんだから、もう土には還らないよ。傲慢だと思ったね。じゃあ、焼きあがったものを形があるからといって、使えるからといって、市場に出すなどということは不可能なことだとはわかっているんだけれど」

「あっ、沙也、寒いんだろう。僕より前に風呂から出ているんだもの。ちょっと待ってろよ」

そういえば風が少し出てきたようだ。樹々のざわめきが耳に快い。沙也、サヤ、沙也の耳に残っている卓二の声が快い。確かに卓二はそう言った。そうして自分が沙也と呼び捨てにしたことさえ気付いていないようだ。卓二はそばに他の人がいても、いなくても必ず「沙也さん」と、さんをつけて呼ぶ。沙也と呼ぶのは二人が生を確かめあっているあのときだけの、呼びかけだった。卓二が自分も上衣をひっかけ、沙也にも男もののカーデガンを持ってきて肩にかけてくれた。境内のすみに散水用の水道があるのを指さして、

「ねえ、あの水道の蛇口を見てごらん。僕ね、その陶芸家の家でいろんな疑問にぶつかりながら、毎日、拭き掃除をしていた。その陶芸家の家での、これは僕に課せられた仕事だからね。水道の蛇口を捻ったんだ。水道の蛇口って誰が考えたんだろうと思ったね。いいデザインだと思わないかい。それに、こんなに人類に貢献しているではないかと思ったら、もう漠然と考えていた芸術家というものがいやになってしまった。で、建築科に入った。何か、これだという人類に直接役に立つものを模索してみたくなったのだ。

そして、三年になった時にあのメーデーだ。六十年安保のメーデーではないよ。それより八年前の「血のメーデー事件」と言われたメーデーだよ。沙也さんは知らないかもしれないけれど、あの裁判、まだ続いているんだ。僕はメーデーの時に友達のことを忘れて必死になって逃げた。

そのあと、三日ぐらいしての日曜日だった。雨でずぶ濡れになった友人が助けを求めてきたのに見捨てた。証人として呼び出されるのが怖くて、学校にも姿を出さなくなった。スクラムの最前線に押し出されて、目の前に棍棒を持った同年輩の警官がずらりと並んでいるのに対峙したときの恐怖は、本当におしっこが漏れそうだった。実際、漏れていたのかもしれない。催涙ガス弾が投げられ、涙と洟水で息がつまり、奇跡的にふっとスクラムから外れたとき、とにかく逃げようと思った。助かったことがわかった時はほんとうに嬉しかった。そういう我執にとりつかれ、振り回されている自分がつくづく嫌になって、自分では何もかも、今までの人生で引きずっていたもの、つまり、地縁も、血縁も、友人からも離れて、自分という人間も突き放してしまったつもりで、労務者の群れに入り、誘われるままに季節労務者になったんだ。

親父の労働する姿を見て育っているし、何よりも体ががっちりしているので、肉体労働をするということは、僕にとって慰めにこそなっても、苦になるということは全くなかった」

「——」

「明日、早朝に駅まで兄貴を迎えに行く。沙也さんも兄に会ってくれるね。ここの方丈さんがね、野焼きをしている時、炎を見ながらしみじみと『無心になりますなあ』と呟いた。そして『私だって金もほしい。マラも立つ。でも、無心になると一椀の汁、一椀の飯にも無量の因縁を感じますねえ。村の人たちのあのいい顔を見てください。卓二さん、ありがとう』ってね」

卓二が寺を去ってから三カ月が経った。能登の工房へ向けての早朝の出発だった。中世のさすらい人もこんな風ではなかったのかと思わせるような、哀愁と決断を背負い込んだ後ろ姿を、沙也は大黒さんと一緒に見送った。大黒さんは一役終わった後の清々しい顔で庫裡に戻った。沙也は主のいなくなった掃き清められた「いつまで工房」に入った。朝日は切り削いだような光を工房の中に届けてくれる。卓二がさまざまな思いを託して置いていってくれた、花弁を縁どったペン皿にも、ななめに光が走っている。卓二が一ひら、一ひら型どって焼き上げたのだった。卓二の指の感触を確かめるように沙也はなぞってみた。卓二がすでに手の届かない彼方に去ってしまったようで胸が潰れそうになる。

山寺の秋は思いがけなく早い。竹箒で境内を清めながら沙也は、諳んじるほど読み返した卓二の手紙を思い出していた。

——この三カ月の間、一睡寺の生活を手繰り寄せたいほど懐かしく思いながらも、手紙を書く余裕が心身ともにありませんでした。「いつまで工房」のロクロを沙也さんが細い指で無心に磨いている姿を想像しながら、僕はただ、ただ、陶土を相手に水簸作業に専念しているのです。まさに「ひたすらの毎日」です。最近気がつきました。これこそ僕が模索していた道だとか、やっと進むべき道を見つけたとか、そんな恰好をつけた言葉ではなく、実感しているわけでもないのに、尻が座っているのです。僕のほかに、もう一人内弟子がいます。福岡の美大を出て高校の教師をしていたそうです。僕もその男も屈折していて、無口という共通点があるせいか、わりにいい関係を保っています。

この手紙は一睡寺に送ります。もしも沙也さんがすでに寺にいなくても、いや、そんなことはない。僕に黙って君が姿を消すなどということはない。それに、僕が寺を去ってこの金沢から少々山に分け入った陶房に弟子入りを決めた時、方丈さんと約束しました。必ず「いつまで工房」の窯に火を入れる修行をしてきますと。沙也さんもその時は必ず来てくれるんですよね。沙也は必ず来る。どこにいても、何をしていても必ず来る。僕はそう信じています。変化する炎の色を見ながら寝ないで薪を入れ続けた、あの三晩！　あれは僕が体を張った初めての経験でした。それまでの経験がすべて色褪せてしまうほど強烈なものでした。世界中の夕焼けを集めたような朱い炎は、僕の甘ったれた一人よがりの精神も一緒に燃やしてしまったようです。

師匠の部屋の床の間に高麗の白磁の壺が置いてあります。あまり大きいものではありません。二十センチほどの高さです。シンとした静かさの中に何とも言えない温かさが体の芯に伝わってきます。その壺に丸窓の障子を通して差し込んでくる朝陽が柔らかい影を落としているのを眺めていると、改めて光の恩寵をしみじみと噛みしめ、その存在に感動してしまいます。

君は笑うかもしれませんが、僕の生まれた土地の先祖は、秀吉が朝鮮を侵略したときに、日本に連れてこられた陶工なのだということが伝説のように伝えられ、誰もが密かにそれを信じているのです。僕自身、ここに来てから、ほとんどそれが確信に近くなったような気がします。それほど、この壺は僕に宗教的と言ってもいいほどの恍惚感を与えてくれます。そんなとき、僕は沈黙の中の語りかけの永遠性に触れた思いがして、この仕事に一生を賭けられれば幸せだと感じます。

夕陽を見ながら、沙也ちゃんと僕はお互いに寡黙だった。でも僕の心はとても安らいでいたんだよ。沙也さんも同じだと思っている。君の言葉の端々から、君の心を縛っているさまざまなことを考えたこともあります。二人で考えてもいいんじゃないかい。僕にも考えさせてほしい、とも思いました。でも、僕を踏み込ませない君の心は、即、僕の心でもあったんだよね。僕もだれにも踏み込まれたくないものを持っていた。でも、いつの間にか僕は君に甘えて、もたれかかっていた。

沈黙こそが多くを語ると言いながら僕はもっと、もっと君と多くの言葉で語ればよかったなんて考えています。書き始めたら筆が止まらなくなった。でも、もう止めるよ。ここも、一睡寺と同じで星が実に美しい。そして、月の出ない夜は真の闇になってしまいます。闇の中からゆっくりした間隔で水車の音が聞こえてきます。水車は陶石を細かくするために動いているのですが、この音で闇が揺れるということはありません。多分、大地と同じ鼓動なんだろうね。

一睡寺の坂道には竜胆や吾亦紅が咲き始めたでしょうか。こちらは野の花もそちらとはずいぶん違った感じで、そのうち図鑑で名前を探そうと思っています。そろそろ早生蜜柑の収穫が始まり、方丈さんたちも忙しくなりますね。朝晩は冷え込むようになってきました。僕は温暖な土地で育ったので、正直なところ、今年の冬は少し辛いだろうと覚悟しています。

こんな詩を知っていますか？

もし誰かの胸が張り裂けないように守ってやれたら
私の一生は無駄にはならない
そのあとのフレーズは忘れてしまったけれども、おしまいも、
私の一生は無駄にならない
で終わっています。僕は自分の気持ちに置きかえて、勝手に男性の詩人だと思っていたらこの詩の作者は女性でした。

今度こそ本当にペンをおきます。

卓二

境内は掃き清められた。無人の「いつまで工房」にそっと入る。大地とつながっているかのように、ロクロの前にどっかと座っていた卓二の広い背中はない。

花弁を縁どったペン皿を卓二は沙也に残していった。茶摘みの季節、蜜柑の季節の時以外は、卓二の去った工房は無人のままがらんとしている。ロクロのわきの机に沙也はそのペン皿を卓二の代わりのように置いている。花弁は卓二が丁寧に指でつまみながら型どったものだ。その一ひ

ら、一ひらに卓二の指の感触を確かめるかのように沙也はなぞってみた。懐かしさが胸にあふれそうになった。
沙也はペン皿を胸に抱くようにして、「倶会一処」の墓の前に腰をおろし、皿の花弁を、もう一度一ひらずつやさしくなぞってみた。
――もし沙也の胸が張り裂けないように守ってやれたら
――卓二の一生は無駄にならない
沙也は卓二の手紙の中にあった詩のフレーズを書き換えてみた。
もう一度書き換える。
――もし卓二の胸が張り裂けないように守れるなら
――沙也の一生は無駄にならない
その時、焼きしめたペン皿の表面をツーっと一筋の雨が走った。山の中ではこんな風に片時雨の来ることはよくあることなのだが、皿を走った岩清水のような水滴、それは卓二が沙也に届けたかった言葉の雫のように思えた。沙也はペン皿を北の空に向かって高く持ち上げた。雫は次第に増えて、ついに皿から溢れ出てきた。
――雫となって届けられた卓二さんの言葉を信じて私も巣立ちます。
と、沙也は呟いた。「信じた振りをして」と言った方が正しい表現なんだけれど、と言う声が頭をよぎったが、それならそれでもいいではないかと思った。

片時雨の足は速い。雲の切れ目から陽が差してきた。頭も肩もしっとりと濡れてしまった沙也を太陽が後ろからそっと包んだ。

沙也は自分の体内から蠢動するものを、我ながら頼もしく思い、納戸の細い窓から入る光線とも別れる日が近付いてきたのを知った。そんなある日、瀬戸から卓二の両親が寺を訪ねてきた。

――卓二に戻る場所はあるんやろうかのう。

――日常ちゅう軌道を踏み外せばのう、漂うしかないもんのう。

――ほんな、冷たあこと言っても、お父さん……。あのう、なんちゅうたかねえ、ほんれ、あのメーデーのう、あれさあなかったら、大学を中退することもなかったやろうねえ。

――卓二は、むかーしっから思い詰めるたちやったもんな。

――ほんでも、本家の長男はなあ、卓二と同い年やのに、大学をちゃあんと出て、名古屋のええ会社に就職しやあたげなに。

――あれが選んだ道や、仕方がなあわ。

――ほんだけどのう。真面目に精進していると思うとったに、なんで師匠の家から姿を消してしもうたんやろ。

――あれが考えとることは、わしには、もうわからん。

――ほんだけどのう。姿、消さんでもええと思うがのう。

何でも卓二が不意に姿を消してしまったということなのだ。

起居を共にしていたもう一人の内弟子は、衣類を始めとして部屋から持ち出されたものも一切ないし、消える理由も事情も全くないという。季節労務者になった時のことなど考え併せて、瀬戸の両親は卓二自身の意志が働いてのことと考えたが、卓二の兄や親せきは、警察へ捜索願いを出した方がいいという意見が強かった。捜索願いは出されたがなんの手掛かりもなかった。両親は卓二が世話になった寺への最後のあいさつに来たのだった。たぶん、一縷の望みをこの寺にかけての事だったのだろう。

沙也は大黒さんに代わって茶菓を出したりしながら、おおよその空気がわかった。あの手紙は遺書だったのかもしれない。いいや、そんなことはない。未来へ向かっての決意さえ感じられたのに。では、何故？　沙也にはこういう理不尽な運命が約束されているとでもいうのだろうか。

私のまわりからは大切なものが次々に失われていく。当然のことなのだ。つまり、そういうことなのだ……と。

周囲が卓二のことはしばらく静観するより仕方がない。放っておくしかないと諦めた頃、沙也は寺を去った。

沙也を資料館に残したまま消えていた老人が、再びかすかに土鈴の音をさせながら顔を出した。

沙也は自分の視線が凍り付いたのがわかった。老人は手に見覚えのある、あのペン皿を持っているではないか。あの時、卓二は二つのペン皿を作った。その一つであることは間違いない。とろっとした見覚えのある灰褐色のあの色。縁についている花弁のやさしさ。見誤まるはずがない。老人はそれを、いとおしそうにそっと台の上に置いた。

「この皿はここの土なんですよ。どんな作家だって、ここの土を使って作品を作ろうなんて思わないよ。ここの土の成分はお世辞にも創作意欲を掻き立てられるようなものとは言えないもんね。でも、あなた、そのう、君、見てごらんなさい。形といい、色といい、いいでしょう。でも、これくらいの仕事なら少し腕のある職人ならできますよ。しかしね、何と言ったらいいんだろう。人の心を惹きつけるこの力ね。この土がここのものと知って、私は引退後はこの土地で余生を過ごしたいと思ったと言っても過言ではないんですよ。家内がね、長いこと体調を崩していて、転地先を探していたというのが本音なんですがね。幸い、家内もこの土地柄をたいへん気に入ってくれましてね」

「………」

「なに、私は大学で地質学を教えていたんですよ。あ、この土鈴？　私と眼の不自由な妻を結ぶ信号なんです」

「それで、そのペン皿はどこで」。沙也は切羽詰まったような声を出した。老人は一瞬、いぶかしげな眼をしたが、

「いや、大学の附属病院で亡くなった患者さんの持ちものだったということです。記憶を喪失されていて、身元がわからないまま亡くなられたそうです。どんなご事情があったのか。唯一の手掛かりとなるかもしれないということで、私の教室にこの皿は来たのです」

「……」

「職業的といいますか、私はこのペン皿の土の出自を知りましてね」

沙也はこの老人の資料室の膨大な見本を思い浮かべた。

「私もね。ひょっとしてこれが縁で、ご遺族に辿りつけるかとは思ってはいるのですが、これが、中々若い時のように思うようにいかなくってね。縁ですよ。何事も縁あってのことです」

その方のお名前はと――。無駄なことだとわかっていながら、つい聞きたい気持ちに駆られるのを抑えて、老人の口許を見つめて沙也は次の言葉を待った。

「能登半島の崖っぷちから日本海に放り出されたのか、飛び込んだのか。いっときは命を取り留めたらしいんですが、頭を強打していたとかでね。海流の関係でとんでもないところから、流されて来たのかもしれないし。奇跡的に海岸に打ち上げられたとか。持ち物はこれだけだったそうですよ。やはり何かの事故に巻き込まれたか、自分の過失か……。お名前もわからないままだったとか。でもねえ、この皿は布に包まれて懐にあったそうですから、私は事故だと思っているんですがね」

沙也は老人の話を、夢の中で聞いているような気分で資料館を辞した。

寺は？　寺は？　寺は一体どこに行ったんだろう。頭の中を土鈴の含んだような音がこだました。雲の上を歩くようにふわふわした足取りで宿に戻った。おかみは、

「あれ、あれ。連絡を下さればお迎えに行きましたのに。旦那がご心配でしたよ」と言いながらも、寺は？　一睡寺は？　という沙也の質問に、

「ああ、気がつかれなかったんですか。資料館のところをちょっと回りこめば見えるんですがね。何しろバイパス工事に引っかかって大層なお宝が入ったもんですからね。昔、蜜柑畑だったところに寺を新築して、墓所もぜーんぶ移動したんですわ。先代の方丈さんだったら、そういうことはなさらなかったでしょうけれどね。若い方に代が移りましたですからね。ご家族の住まいは別棟になっていて、子ども部屋なんかは雑誌に載るようなかわいいお部屋だそうですよ」

とすると、そういう年頃の子どもがいるということは、沙也は頭の中で忙しく計算した。「カッ、カッ、カッ」と笑うのが癖だった方丈さんも、柔らかい声で「お芋さんが蒸けたでね」と言って声をかけてくれた大黒さんも、もういないということなのか。捨て犬を拾ってきたあの時の高校生が今の住職なのだろう。

沙也は、今歩いてきた地形を目まぐるしく思い出そうとした。寺が裏の蜜柑山に移転したということは、そうなんだ、やはりそうだ。あそこは「いつまで工房」のあった辺りになる。昨日走ったバイパスをそのまま走り続ければ、昔の一睡寺の地所をあっという間に走り抜けたというわけだ。

部屋に戻ってからも「縁ですよ」といった老人の声がよみがえってくる。

――縁ですよ。

――縁デスヨ。

――エンですよ。


雫がポツン、ポツンと沙也の目の前に落ちて消えてゆく。ポツン、ポツン、雫はしだいに膨れ上がって巨大なカプセルのようになって沙也を包む。沙也は胎児のように丸まって耳をふさぐ。耳をふさぎながら沙也は夫の囁きを必死に思い出そうとする。

――沙也の周りから大切なものが失われたんではないんだよ。沙也にメッセージを残したい人が、沙也を慕って同じ時間を共有したのさ。その人たちはメッセージを託したから安心して去っていっただけなんだよ。

耳たぶに夫の少し乾いた唇が触れたような気がする。

――あなたは私にどんなメッセージを残すつもりなの。やはり、私を一人置いていくつもりなの?

この質問が頭の中を巡り始めると、自分をコントロールする輪がはずれて、不眠が始まる。三十時間ぐらいの不眠は不眠のうちに入らないと、自分に言い聞かせる。四十時間、五十時間と不眠は続く。実際には眠っているんだろうけれど、意識としては眠っていない。そのうち、徐々に徐々に夫と二人っきりの日常が戻ってくる。今回のように中々日常が戻って来ないと、夫は強引に昨夜のような、予定も何も立てないドライブに連れ出すことがある。それにしても、今回はどこへ行こうか？　と口で言いながらも、殆ど確信的にこの辺りに宿を探したのは偶然ではないんだ。初めて夫の大きな懐に抱かれている実感に沙也は戸惑いさえ感じた。

あまり手入れをしていない宿の庭はそのまま林につながっているらしい。ときどき鳥が飛び立つ。ぼんやりそれを眺めている沙也に、温泉からあがってきた夫は、

「この辺りじゃあないのかい。沙也が若い頃「雨宿り」していたという寺は。行ってみるかい？」

と言いながら、冷蔵庫からビールを出してきて、「飲もうや」と、グラスを二つ並べた。

——雨やどりか。

驚くほど近くの木から、コジュケイだろうか。姿は捕らえられなかったけれど、「ちょっと来い」「ちょっと来い」という鳴き声を残して飛び立った。

二人は黙ってグラスを合わせた。

マチカラマチヘ

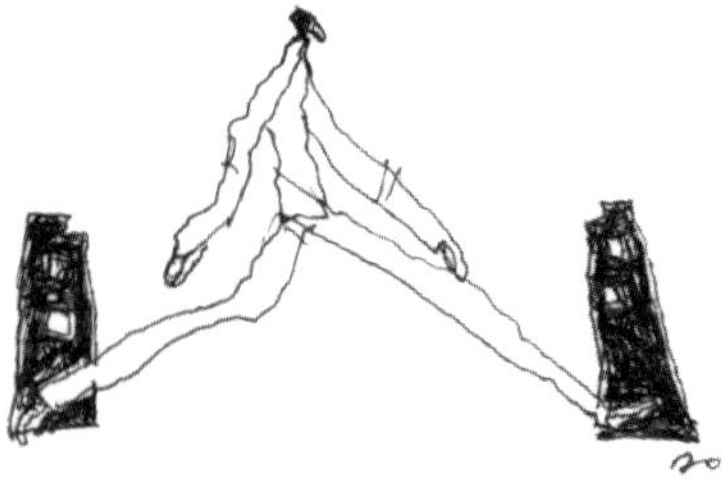

クンショウ

今の今まで縁側の陽だまりで熟睡していたはずのグーが、旧火山が噴火したように背中をヌーっと盛りあげたかと思うと、次の瞬間、前足を思い切り前に伸ばしてお尻を高くあげ、カリカリッと絨毯に爪を立てた。猫のそんな一連の動きには馴れているはずなのに、カヨ子は肌に感じるほどでもない空気の動きに一瞬どきんとする。カヨ子もグーにつられて、ウトウトしていたのかもしれない。いや、グーが動かした空気の気配や盛りあがった背中が目に入ったのだから、眠っていたわけではない。カヨ子は乱れていたスカートの裾を整えながら、つと身構えた。グーはそんなカヨ子を全く無視して玄関の方に音もなく向かった。同時に玄関の引き戸が勢いよくあけられて、「マー姉ちゃん、ごきげんよう」と紀子の声。続いて、「あらあら、グーちゃんがお出迎えなの、ありがとう」と言いながら、猫を抱きかかえて紀子がリビングに入ってきた。

「やっぱり、私は好きだなあ、この玄関。佐保子姉さんは辛気臭いなんていうけれど……」

自分の役目は終わったと言わんばかりに、紀子の腕から飛び降りようとしてもがいているグーを、そっと床の上に下ろしながら紀子は言葉を続けた。

「今どき式台のある玄関なんて貴重品よ。しかもあがりがまちに二畳敷きの畳の部屋があって衝立の後ろから猫が出迎えてくれるなんて、中々ないもんね。ねえ、カヨ子さん」

いつものことながら、紀子がこの家に現れるとあたりがぱっと明るくなる。カヨ子も何となくふーっと開放された気分になるのだった。

「あらあ、いつの間にリビングの窓、出窓にしたの、いいなあ、旦那様が建築士だと、こんなこと苦もなく職人さんにさせちゃうんだから。うちなんか、カーテンを替えるのが精一杯よ。ところでマー姉ちゃんはいないの？」
「奥様は近くまでお買い物に出られましたが、もうお戻りになる頃です」
「そうよね。カヨ子さんもそろそろ帰る時間ですもんね」。と言っているところに、この家の主、麻衣子が戻ってきた。

カヨ子がお手伝いさんとして、この宮田家に通い始めるようになってから十数年になる。宮田の家から歩いて十分ぐらいのところにカヨ子の住まいはあり、そのすぐ近くに大きな病院がある。この病院は、創立者の院長の頃は、精神を病んだ患者の専門病院として、戦前は「きちがい病院」などと差別用語で呼ばれていた。戦後、何年かして現在の二代目院長が引き継いだ頃から、医療行政の変化や、人権問題で病院のありようは大きく変化した。現在は内科、神経内科、外科、整形外科、リハビリ科などを持つ病院になり、三代目の若先生が副院長として、この病院の中心になっている。しかし、精神診療科を持っているのがこの病院の〝売り〟であることは間違いない。

病院はうねうねと続く低い山の裾に沿って建っている、その地続きには広い原っぱがあり、もっぱら病院の職員が駐車場として使っている。通院する患者や見舞客用の駐車場としては、遮断機と駐車券の発券台のある入口と、専属の警備員が交通整理と駐車料の確認をしている出口とがある。原っぱは院長の私有地で、カヨ子の住む平屋建てのアパートはこの原っぱの一隅に建っている。アパートの周囲の低い生け垣には薔薇の蔓などが巡らされ、いかにも女性が生活していますという雰囲気をだしている。

病院が創設された昭和の初期の頃、このあたりは人家もなく近くの農家の人たちが、自家用に鶏を始めとして、山羊や豚を飼ったりしていた。春に先駆けて辛夷の白い花と香りが漂い始めるようになっても、見事なソメイヨシノが咲き誇っても、その花を愛でに来る人もいなかったのだが、今はすっかり変わってしまった。ほんの少し歩いて表通りに出れば路線バスがひっきりなしに通るし、コンビニや大型スーパー、ファミリーレストランと何でもそろっている。表通りと病院の間は、れっきとした住宅街となり、マンションも幾棟かあるし、洒落た一戸建ての家も目立つ。地価も信じられないほど高騰した。それでも、カヨ子の住んでいるアパートのあたりは、山羊や豚こそいなくなったけれど、夜ともなれば虫のすだく声が空気のように何処からともなく、聞こえてくるのだった。

カヨ子はかつてはこの病院の精神診療科の入院患者だった。掛け替えのない夫と息子の大切な巣だと信じていた我が家が、不意に地平線の彼方にかき消えてしまったような心細さを、悪夢だ、悪夢にちがいない。悪夢はそのうち必ず覚めると信じようとした。しかし、夫の眼差しや、手のぬくもりに包まれて、ほっとした瞬間に目覚めたときの絶望感。何度、こんなことを繰り返しただろうか。その夫も海釣りに出たまま波にのまれて死んでしまった。自分が傍にいればそんな事故も防げたに違いないと思い、夫の事故死は自分のせいだと、くよくよ考えたこともあった。入院した頃、中学生だった息子も所帯を持った。カヨ子は退院の話が持ち上がったとき、息子や孫と一緒に暮らせるなんて夢のようなことだと、一瞬、気分は舞い上がったけれど、夢は夢でそうっと楽しめばいい。息子はどんなに心細く厳しい思春期を送ったことだろうかと想像すると、現在の息子の幸せにヒビを入れたくない。一緒の病室にいた人が退院後間もなく自殺したのもカヨ子の気持ちをひるませた。そんな時、みんなが大先生と呼んでいる院長が、原っぱに続く空き地に、病が癒えた女性四人が共同で生活できるように配慮された、つつましいけれど新しいアパートを建ててくれた。

宮田家は院長の家族と親しくしている。麻衣子の夫の峯生が院長と相談しながらカヨ子たちの住んでいるアパートの設計をした。四人がそれぞれ使っている四部屋には、収納や生活雑音に細かい配慮が施された仕様になっていて、キッチンだけが四人の共有部分になっている。院長と峯生との共同作業だった。ほかの三人も工場や会社の賄いとか、雑用係などと、それぞれ分に応じて働いている。平屋建てのこのアパートはほかにも2DKながら六戸分の部屋があって、この病院の女性の看護士や、女子大生など独身の女性専用のアパートとして貸している。

峯生は元々、こういう細かい仕様のある設計をしたいと思っていた。子どもの頃夢中になって積み木のおもちゃで「三匹の子豚」の小屋などを作ったのと余り変わりないような昂揚感があった。この自分たちの家にしても、紀子が感嘆したように何の変哲もない窓が、あっという間にお洒落な出窓になったり、キッチンとリビングの間の二枚の引き戸が、するすると壁の中に入って、一つの部屋になったり、玄関から入って中の居間を抜けると違う世界に入ったようなモダンな造りにして、楽しんでいるようなところがある。

カヨ子は院長夫人に連れられて初めて宮田家を訪れ、応接間に通された時のことを鮮明に覚えている。室には麻衣子と夫の峯生がちょっと改まった顔をして坐っていた。「カヨ子さんは働きに出るの、初めてなのね。事情はかいつまんで伺いましたけれど、実家の手伝いでもしているぐらいの気持ちで来て下さればいいのよ。お給料はあまりお払いできないけれど、気楽にやりましょうね」。カヨ子は「はい。よろしくお願いします」と細い声でいうのが精一杯だった。それで決まりだった。

峯生はほっとしたような優しい顔になり、「じゃあ、僕は事務所へ出掛けるよ」と言って、三人の女性を残して出て行った。カヨ子にとって精神的に緊張しないでいられるということは、何より大切なことなのだ。たしかに給料というのには、ちょっと額が低いかもしれない。しかし、拘束時間は短いし、のんびり庭に出て草むしりなどしていると、「カヨ子ちゃん、あなたの好きなきんつば買うて来たんよ。お茶にせえへん」と母さんの声がしてくるような気がする。アパートの使用料は格段に安いし、息子から何がしかの小遣いも送られてくるので、虚弱なカヨ子にはぴったりの働き場所だった。このカヨ子たち四人の共同生活を、院長がかねてより学会で展開している自説の実験台だと、医師会の中には陰口をきく人もいるということを、小耳にはさむこともあるけれど、本人たちが幸せなら、それで十分、横から口出しなどして欲しくないとカヨ子は思うのだった。

宮田家は、今は麻衣子たち夫婦二人だけれど、数年前までは賑やかだった。二人の娘は相次いで結婚し、末っ子の男の子は大学院を出たまま研究室に残りたいからということで、独り暮らしをしている。気がつくと、家の広さだけが際立つしーんとした家になってしまっていた。

麻衣子には三歳年上の佐保子という姉と、いま訪ねてきた三歳年下の妹の紀子がいる。年の離れた兄さんは、去年の暮れも押し詰まってから亡くなった。この三人の姉妹は年が近いせいか、それぞれの子どもたちも極端な年の差はない。現在は社会人になったり、結婚して家を離れたりして波が引いたように静かだが、カヨ子がここにお手伝いさんとして通うようになった頃は、何かというと佐保子も紀子も子ども連れでこの家に集まり、それはそれは賑やかだった。最近は身軽に午前中から顔をそろえて、お互いに近況報告をしながら、昼食を一緒に作って食べたり、カヨ子も仲間にしておやつをたべたりしても、夕方になるとさっと引き上げる。車で来れば三十分ぐらいとはいえ、何かといえばこうして三人が顔をそろえる姉妹を、カヨ子はいつも羨ましいと思うのだった。三人は声も似ているし、喋る時のイントネーションがそっくりなので、姿を見ないで声だけ聞いていると、誰が話しているのかカヨ子にはわからない時がある。それでも慣れてくると長姉の佐保子は少し上から目線だし、次女の麻衣子は学生っぽさの残った理屈屋だし、紀子はみんなに可愛がって育てられたらしく、人なつっこく少し甘ったれた感じ、という風に区別がつくようになった。

――まだ佐保子姉さんが来ないから、一寸言うんだけれど。ねえ、マー姉ちゃん、例の勲章の話どう思う？

紀子は小さい時からの習慣らしく、長姉のことは佐保子姉さんと言い、麻衣子のことをマー姉ちゃんと呼ぶ。二人の姉は紀子のことをノリッペという愛称を使うことが多い。

――そう。そのことよ。

――どうして、佐保子姉さんはあんなに勲章に執着するのかしら。今までは特に関心を示さなかったのにね。

――「私はお父様に特別に愛されていたから、この金鵄勲章は私がいただくことにしますからね」だって。なに、あれ。別に私はそれ、その金鵄勲章に執着しているわけじゃないけれど、ああ言われるとカチンときちゃうわね。

――マー姉ちゃんは、佐保子姉さんの、急に勲章に寄せる執念をどう解釈するの？

――そうねえ。単なる女の見栄というとこじゃない？

――だれに対する見栄なの？

――うーん。亭主のシゲさんに向けられているのかな？　そういえば、佐保子姉さんは、本来なら私はこんな人と結婚するはずじゃなかった。全然話が合わないし価値観が違うのよねって、ぼやいていたけど。もう何年かすれば金婚式だっていうのに、何言ってるのよね。

と言う麻衣子に紀子は、

――亭主への見栄って何なのかしら。勲章って何の象徴なの。文化勲章なら、一応、そうかあって思うけれど。永井荷風だって幸田露伴だって、ありがたく戴いたわけでしょ。

――ありがたくかどうかは知らないけれど、ノーベル賞作家の川端康成だって、そうね。戴いちゃったのよね。あれって終身年金が付くのかなあ。付くんでしょうね、きっと。もらったことがないからわかんないけど。くれるわけもないしね。でも文化勲章は、日本の文化に著しく貢献した人って一応なっているけれど、大岡昇平や城山三郎は、文化勲章じゃなくって、旭日章とか、ほら、瑞宝章とか辞退したっていうじゃないの。

――辞退するなんて、何か恰好いいわね。でも、文化勲章ならもらったのかしら。そうそう、ノーベル文学賞の大江健三郎は文化勲章を辞退しているわね。

――辞退っていうより、国家がありがたがってもらうものと決めてかかっているのを、蹴ったっていう方が真実じゃないかな。私ってそういう話が大好きなの。

――マー姉ちゃん。話がそれちゃったよ。

――そうそう、父さんの勲章の話だったわね。さっき、見栄だなんて言ったけど、そうじゃあなくって「私は麻衣子や紀子とは違いますよ、あなたたちとは違う栄光の時代を知っているんですからね」っていう思い上がりじゃあないの。

――思い上がり？　もしかしてマー姉ちゃん、怒っている？

――怒っているよ。でもね、思い上がりって言っちゃったけど、それを言いたかったわけではないのよ。佐保子姉さんの思い上がりは思い上がりとしてごく単純なことなのよ。「私とお父様は……」に尽きるんだから。それはそれで、父親の愛情っていう温みを具体的に知らない私たちには、ちょっと悔しいけどね。けれど、そうじゃあないんだ。実はね、私の頭の中できちっと整理がついているわけではないんだけれど、あの金鵄勲章だけは他の勲章と違って、たくさんの血に購われているような気がするの。だってあれだけでしょう、父さんがあの戦争で戦って、アメリカの艦隊を海に沈めた功績としてもらったのは。つまり、あの勲章の背後には日本の何百人もの搭乗員、アメリカの何百人もの乗組員の命が失われているのよね。戦争ってそういうものには違いないけれど。亡くなった兄さんはやっぱり、そんなことに拘っていたんじゃないのかなあ。

――マー姉ちゃんは昔から天邪鬼だったし、理想主義的なところがあったから、こういうことも単純に考えられないいんだ。

――へへへ。そんな大層なことではないんだけれど。でも理想主義なんてものは、しばしば暴走するもんでしょ。私なんか今までだって、何のかのと言いながらも現実に上手に対処してきて、むしろ保守主義かもね。でもよ、保守主義イコール今の保守党なんてことは考えないでね。

カヨ子は聞くともなく二人の会話を耳にして、麻衣子が学生運動にのめりこみ、熱い時代の空気を体中で吸っていたという話を思い出した。そんなに大きく時代が流れたとも思えないけれど、カヨ子や紀子の時にはすでにその熱は一部の人間の間に残っているだけで、冷めた空気こそがスマートだという時代になっていた。二人の話がちょっと深刻になってきたようだ。紀子も麻衣子の話にとまどっているようだった。カヨ子にしても「血に購われた勲章」などという言葉が飛び出してくると、いったい何の話なのか見当もつかなくなってしまうのだった。

カヨ子は先週一週間、共同生活での夕食当番だったので、今日はのびのびした気分で、夕食を済ませたあと、月の明かりに誘われて原っぱに出た。病院から洩れる窓の灯りが月の光を避けるかのようにチラチラする。「あの」病棟だけは別棟になっている。物音が聞こえるような距離ではないけれど、何となくあの中の人々の動きが見えるような気がして、カヨ子はイヤイヤをするようにかぶりを強く振った。

カヨ子はふとした不注意から七カ月の子を死産してしまった。むかし、むかしの話だ。その前夜の姑との諍いが原因だとは思えないが、息子が中学生になってから、やっと恵まれた第二子でカヨ子たち夫婦は過剰に神経質になっていたが、七カ月の安定期に入って、ほっとした矢先のことだった。お腹の子は女の子だったと聞かされた。

「私は抱かせてももらえなかった。待望の女の子だったのに！」

声が出ない。涙も出ない。体中がばらばらに千切れ、捻れて、そこでカヨ子の心は違う世界へ踏み込んでしまった。刃物を持って腹を切り裂こうとしたというのだけれど、記憶にない。今でも、体に小さい傷あとが残っている。一過性のものとして、夫が見守っていたはずだけれど、そのまま、カヨ子は引き返す道が見えなくなってしまった。声が出ない。声が出ない。泣き声が、産声が聞こえないと、遠のく意識の中で焦ったのはいつのことだったろうか。

「私の赤ちゃんが、私の赤ちゃんが……、産声をあげない」と。優しかったはずの夫の目が猛禽類のような目になって迫ってくる。その胸にはワタシの赤ちゃんが抱かれているではないか。返して！　と跳びかかる。ワタシノアカチャンヲカエセ！　ワタシノアカチャンヲカエセ！

カヨ子は体調が回復したからと産院から自宅へ戻ったものの、夜通し家の中を歩きまわって、赤ちゃんを、私の赤ちゃんを返してと夫を叩きおこしたり、衝動的に自傷行為に及んだりして、入院するよりほかに対応できなくなって、この病院へ搬送された。ほどなく症状は治まり個室から四人部屋に移ったとき、同室の女性が「あんたなのね。毎日、毎日大きな声で歌を歌い続けていたの。外国の歌だったよね。だれかが、イギリスの民謡とか子守唄だとか言っていたけど」

「そうそう。でも、そんなんばかりでもなかったよ。美空ひばりもあったし、井上陽水になったり……」急に男のような声になって『雨に濡れても』が聞こえてきた時、わたしゃ嬉しかった。ねえ、あれをもう一度歌ってくれない？」

カヨ子はどの話も自分のこととは思えなかった。何一つ覚えてはいない。でも『雨に濡れても』は夫の大好きな唄で、夫はよく口ずさんでいた。しかし、自分が歌い続けていたなどという記憶は全くない。氷の塊を呑み込んだように、胃のあたりが冷え冷えとした。思い出したくない回想を振り切るように、カヨ子は強く頭を振った。

今朝は鳥の声が一段と騒がしかった。釣りの好きな夫は鳥の声や、魚の生態と天候との関連などに詳しく、カヨ子はそんな話をする夫が大好きだった。ぐっすり寝込んだあとの明け方、夫が、昨日は飲み過ぎたらしいね。ごめん、ごめんと言いながらカヨ子の横に滑り込んできた。夜の名残が薄れて白々と明けていく外の明かりをカーテンの隙間から見ながら、「まだ起きる時間ではないよ」と囁く夫の息が耳たぶをやさしく、くすぐった。じんわりと温かく重たかった夫の肉体を、黒い浪は何を考えながら私から浚っていったのだろう。一人で海釣りに出て遭難したというけれど、慎重な夫が、なぜ時化になりそうな日に釣りに出かけたのだろう。沖に出た頃、空模様が刻々と変化し、赤く染まっていた雲は低く垂れこみ、その雲はたちまちのうちに真っ黒になり、その裂け目から稲妻が光り……もう何年も何年も、何回も想像したそんな光景が、今ではカヨ子の頭の中にしっかり定着している。

香りの高い辛夷の花も終わり、生い茂った葉が気持ち良さそうに風に体を預け、ざわざわと心地良い音を奏でている。昼間の麻衣子と紀子の会話が蘇ってきた。麻衣子の口からは、人の血に購われた勲章などと物騒な言葉も飛び出したけれど、一体どういうことなのだろう。あの三姉妹の父親がどうしてそんなに、いくつもの勲章を持っていたんだろう。心の中でぶつぶつ呟いてみたが、わかる筈もない。蝙蝠だろうか。とつぜん、鳥のようなものがカヨ子の耳を掠めるようにして、戯れている葉影に吸い込まれていった。それを折に、勲章なんて、私の生活のどこを掠めるわけでもないから、まあ、いいか、考えなくても。夫の幻影も、蝙蝠が耳をかすめたとき、一緒に消えてしまった。カヨ子は部屋へ戻った。

麻衣子はカヨ子が仰いでいたのと同じ月を、縁側で猫を膝の上に抱きかかえて眺めていた。夫は業者の集まりがあるので遅くなるという。昼間の紀子との会話をたどっているうちに、久しく思い出すこともなかった父や母の記憶が手繰り寄せられてきた。父の記憶は幼児だった麻衣子にはほとんどない。それでも麻衣子は何となく顔は憶えているし、話した記憶も残っている。

父親は職業軍人だった。海兵・海軍大学という道を歩みながら、航海術のエリアでは英仏では結構名前が売れていたというのが、母親から聞かされた自慢話だった。日本の技術を誇示する新しい戦艦が竣工したときの初代艦長になって、英国、フランスなどの港を巡回して、日本海軍の威容を世界に披歴することに功をあげたり、日本の最新のレーダーを備えた艦隊の司令官だったという功績などからか、その都度叙勲されて幾つもの勲章が残されたというのが、母の説明だった。その後、アメリカをトップとする英仏などのレーダー合戦に始まる第二次世界大戦の末期、父は南の海に消えた。乗っていた艦は轟沈して生存者は一名もなかった。日本の最新のレーダー、その当時は電波探知機とか、電波探信儀、略して電探などと言ったのだそうだけれど、これの最新のものを備えた艦だったそうだけれどアメリカのレーダーの前では全く歯が立たなかったと、麻衣子は割合最近になって本でそのことを知った。

麻衣子には幼なすぎて、前後のいきさつや内容は判らないながら、はっきり脳裡に刻みつけられている映像がある。父の艦が入港して、久しぶりに自宅で寛いでいる時期だったのだろう。兄が父に向かって何かしきりに抗議していた。その時、兄は十七歳だったはずだ。空気がとつぜん揺れた。兄は父の繰り出した腕の先の拳によって長い廊下の端っこまで吹っ飛んだ。凄い音だった。しばらく立てないで父を見つめていた兄は、起きあがるとつむじ風のように二階の自分の部屋に駆けこんだ。そのまま食事にも出て来ない。折角の父を囲んでの夕食は兄のいない気まずい空気が澱んだものだった。兄が夕食にも姿を見せないことに一言も触れない父と母。子供心にも不自然だと思ったのをかすかに記憶している。兄はその時のことは一切語らないけれど、麻衣子は大きくなってから兄と話しているうちに、いろんなことが結びついてきた。世界大戦が始まる前、日本から離れて、世界を巡っていた父は、帰国した折には若くて愛すべき息子である兄に、世界の情勢を語り、歴史を語り、時には英国のあるいはドイツの音楽や絵画の話をしていたのだろう。何でも吸収する成人直前の兄は、そんな父を尊敬し、信頼し、それに伴って世界情勢を十七歳の青年なりに分析していたことだろう。それは父から授かった知識であり、文化だった。それを裏切るような父の言動。戦争に加担する父が許せなかったのだ。父もその矛盾に苦しんでいた時期だったに違いない。自分の置かれている立場として、始まってしまった戦争に反対することは死に等しい。一家の破滅に等しい。何にも判っていない息子に矛盾を突かれてかっとしたのだろう。考えてみれば、その頃の父は今の私たちよりずっと若かった。兄は心に深い傷を抱えたまま、父と永遠に決別してしまった。戦後の兄は何をやっても全て裏目に出た。臍を噛むような思いをするたびに父を憎んでいたのだろうか。兄には女である妹たちには想像もつかない父と息子の葛藤があったのだ。しかも闘うべき父はもう目の前にいない。戦争の残酷さや悲しみ、矛盾の坩堝の中で苦しんでいる人は兄ばかりではない、お互いにこの時代に生を享けた者の宿命として、感情の行き違いも、恨みも水に流してしまえばいいのにと麻衣子は思った。生き延びるためには仕方のないことって、あるのが人生なんだからと。

私だって、と麻衣子も自分の青春時代を振り返る。それでも高校時代はまだ無邪気なものだったと、友人との「父恋娘」ごっこが懐かしく思い出される。その友人の父上は、赤紙と称される召集令状が来て、問答無用で戦争に駆りされ間もなく戦死された。敗戦の直前のことだったそうだ。記憶できるはずのない年齢なのに、母親から少壮の学者だった父親のその日の朝の話を何度も聞かされたせいかもしれないけれど、送り出した朝のことをはっきり覚えていると、彼女は麻衣子に語った。麻衣子とその友人は「私たちは父恋娘」などと宣言して、父親は嫌いだとか、不潔だとか、洗濯物は一緒に洗わないでなどと思春期独特のわがままを言っているクラスの子たちを尻目に、小説の真似事みたいな「父恋物語」を、学内の文芸誌に発表したりしたものだった。

もちろん、その作品が兄の眼に触れることはなかったが。その友人とは高校を出たあと、進む道も違ったし、どこの土地に引っ越していったのか知る機会もなく、会うこともないまま人生の大半が過ぎてしまった。最近になって妙に彼女のことが思い出される。どこでどんな人生を送っているのだろうか。

高校卒業後の麻衣子は学生運動で周囲をはらはらさせながら熱い青春を送り、少し落ち着いてきたと思ったら年の離れた男と結婚すると言って、母や兄の心配を押し切ってというより勝手に結婚してしまった。その母親を見送ってからも、すでに十年近くの歳月が流れた。去年の暮れ、兄も息を引き取った。残された三人姉妹の年齢も合算すれば、二百歳にはなる。そこへ台頭してきたのが勲章問題だった。

母親が亡くなった時、佐保子たち三人の姉妹は何の疑問もなく、「勲章を父さん、母さんの遺品として四人でそれぞれ持ちましょうよ」と誰からともなく提案した。この提案は歓迎されるものとばかり思っていたら、「あれは誰にも渡さない」と兄は額に青筋を立てて激怒の表情を残して書斎に入ってしまった。兄の今までの言動から察すれば、母の生存中は母を悲しませないために黙っていたけれど、その母が居なくなったのだから「こんなもの、邪魔なだけだよ」と叩きつけるのなら理解できるけれども、妹たちに手を触れさせることも、見せることさえもしない。麻衣子たちは兄の剣幕に唖然としたが、兄が大切に保管するなら、まかせておけばいいということに意見は一致した。

兄の四十九日の法要が終わって二、三日して、兄嫁がダンボールの箱を茶色地に五葉松の柄を緑に染め抜いた木綿の大きな風呂敷に包んで麻衣子の家へ持ってきた。あらかじめ、お母様のものは私にはわからないから、三人で処分してもらいたいとの連絡があったので、麻衣子の家に三人姉妹は顔をそろえていた。いつも何かといえば麻衣子の家に集まるのには理由がある。佐保子の家からも、紀子の家からも車で三十分ぐらいで来られる中間地帯にあることと、裏庭に車が気軽に置けるということなど好条件もそろっていたのだが、それより何より、夫の峯生は生れた時から生みの親と離されて暮らすという境遇だったので、麻衣子が何かにつけては自分の母親を呼びたがるのを大歓迎してくれたし、母親も息子の兄の転勤先へ一緒に行くことは行くのだが、狭い社宅で息が詰まってくると、いつも麻衣子の家に避難して来たということもあり、いつとはなしに、母親を囲んでの正月の集いはこの家になり、兄と夫は酔い潰れるまで酒を飲んだりしたものだった。麻衣子は夫と兄のそういう交流が結婚当初反対されただけに嬉しかった。しかし、麻衣子は知っていた。二人はゴルフのスコアや、どこそこのゴルフ場の設備や芝生についての薀蓄を傾けたり、あるいは、旅行へ出かけたときの愉快なエピソードは披露しても、決して自分の傷は見せないことを。この世代の男は誰もが、人に見せたくない深い傷を持っている。

そして今回、四十九日の法要が済んでから、兄嫁は亡くなった夫の姉妹たちにダンボールの箱を渡し、ほっとした顔をして帰っていった。兄嫁の持ってきたダンボールには、四つの勲章と勲記のほかに、略章や錆のでている肩章、帯剣、それに夥しい父からの手紙のほかに、母の短歌のノートが三冊入っていた。兄嫁のほっとした笑顔を見た瞬間、麻衣子は兄の抱き続けていた心の闇がさらに見えたような気がした。兄は長男として父を失って、後ろ盾がなくなった不安と動揺、心の中では甘えていた母親を、これからは守らなければならないのだという責任感、しかも、全く自分に恃むところがないという劣等感、この心の闇をうかうかと妹などに見せられるか！　敗戦直後のことは別としても、兄が社会人になった頃から日本は高度成長して、一応、社会人としての面目は立つ程度の境遇にはなっていたかもしれないが、自分の人生に描いていた夢はことごとく破れ、何一つ父親を追い越すこともできなかったと、兄は思っていたらしい。兄は自分の心の中で父親を抹殺することによって、精神の平衡を保っていたのだろうか。つまり、兄は戸棚の隅に、読み古した雑誌や新聞と一緒に勲章などを押し込み、無視することによって、辛うじて自分の矜持を保とうとしていたのだろう。無視すべき具体的なものがなければ、自分の誇りが保てなかったのだろうか。妹たちが喜々として「お父様のお形見よ」などと胸に抱えて持って帰るようなことは、断じて許されないことだったのだ。兄嫁はそのことを、夫の心の内を読み取る術は与えられていなくても、ダンボール箱から発している不気味なオーラを本能的に嗅ぎ取っていたに違いない。あの清々しい、ほっとした笑いを見た瞬間、麻衣子はすべてが解けたような思いがした。具体的に理解する手掛かりがなくても、兄の妻は、妻の臭覚としてあのダンボールの中に向けられた夫の呪詛の囁きを知っていたのだ。

今となっては、唯一父の遺品である夥しい手紙と勲章を手も触れずに戸棚の隅にがらくたと一緒に突っ込んであったそのことに、麻衣子には想像もつかない兄の父に対する複雑な怨嗟を見る思いだった。でも、と麻衣子は考える。人は誰でも、何らかの過去を背負って生きている。後ろは振り向かないと豪語しても、背負ってきたものを栄光であれ屈辱であれ、捨てることはできない。ましてや、兄の世代の人は、みずみずしい思春期を戦争の刃で傷つけられている。でも、と麻衣子は再び考える。その葛藤を支えに兄は兄の人生を生き抜いてきたのじゃないかなと。

そう思いながらも麻衣子に深い後悔の念が走った。兄は亡くなる前、八カ月ぐらいは抗癌治療をしながら、入退院を繰り返していた。緑の多い病院だった。春の終わり頃になると、「なんじゃもんじゃ」の大木が心地よい木陰を作って、見舞客だけでなく散歩が許されている入院患者を楽しませてくれる。秋の気配がする頃になると、車を預けて正面の入り口に急ぐ麻衣子の髪の毛を、大胆で少し間抜けな赤とんぼがかすめるように通り抜けていく。そんな時、麻衣子はかすかに救いを感じる思いで病室に入る。兄が「やあ」といつものように片手をあげる。しかし、だんだん体力がなくなっていく様子が、歴然としていた。その頃、

「なあ、麻衣子。旋頭歌って、五七七・五七七でよかったんだよなあ。面白い歌作るからさ、僕の葬儀の時はお経の代わりにこれを朗詠するってえのはどうだい」

「聞いたことないよ。そんなの。方丈さんになんて言えばいいの。それにさ、兄さん、そんなこと考えるより、義姉さんがこぼしていたわよ。わがままな病人で看護が大変だって」

「なーんにも困らせてなんかいないよ。ただださ、この間、ちょっとわけありのマダムが見舞いに

来て、なあに、一、二回ゴルフを手取り、足取りして教えたってだけのことなんだけどさ。女房がそばにいるのにさ、今度はそのマダムが手取り、足取り看病しようとするもんだから、あとでかみさんの機嫌が悪くって、参っちゃったよ」

「ははは、兄さんたくさん罪滅ぼししていくことがあって、簡単にはあの世に行けそうもないわね。ちょっとだけ、ちょっとだけが幾つあるのかな？」

確かに痩せてはきたけれど、普段と変わらない軽口を耳にすると、死のエキスが兄の肉体に静かに沈澱し始めているとは思えなかった。次に見舞いに寄った時、

「旋頭歌は止めた。どうせ朗詠はしてもらえないだろうし。棺桶の中から葬式を仕切るわけにもいかないだろう。その代わり、短歌を少し作ったんだ、と言っても、ツイッターみたいなもんだから、麻衣子、持って帰ってくれよ」

と、何枚かのザラ紙が渡された。その時、兄はまだ未練っぽく、

「坊主のお経よりどっかにチェンバロないかなあ。いつだったか、峯生さんと麻衣子と三人で小さなホームコンサートに行ったことがあったねえ。バッハのチェンバロのためのソナタはCDで持っていたけれど、まさかあんなところで、クープランの『百合の花開く』とか『雅』や『葦』を聴くなんてね。音大に在学中だというお嬢さんはフルートだったね」

「そうそう、チェンバロとフルートの合奏が、また何ともいえなくてね。私と兄さんが興奮するものだから、峯生さんたら、いじけちゃって。あの時初めて私、わが亭主の弱み、掴んだような

気がして嬉しかった」
「相変わらずバカだね麻衣は。君みたいに跳ねっかえりのじゃじゃ馬を大切にしてくれるのは峯さんだけだよ。もっと亭主に尽くせよ。ところで、あのチェンバロ一家はどうしたの？」
「うーん。はっきりしたことは知らないんだけれど、ご亭主の定年を待って故郷に帰られたとか。何しろ奥さん、ものすごく体が弱かったたって聞いていたから」
兄は実現しないことぐらいわかっていても、チェンバロの生演奏に送られて、この世とおさらばしたいなどと、独りベッドで夢見ていたのだろうか。
「そうか、みんな、そうやって消えていくんだね」ポツリと呟いた。
ザラ紙に記された短歌は、
主治医師の「頑張りましょうお互いに」この一言に迫る闇知る
きりきりと局所の痛み続く日々不安半分闘志半分
何首か鉛筆で走り書きしてある中に、心にひっかかる歌があった。
何事も一足おくれの人生にこもごも来たるわが幸不幸
逝きたるものみなよみがえる今一度そして再び共に会いなん
兄は死がぴたっと擦り寄って来るのをじろっと睨みながら、なお自分に課せられた不条理をなじって、こんな愚痴ともつかないような心境を詠っている。麻衣子、持って帰ってよ、と言ったのは、最後の最後まで理解してもらえないもどかしさを、麻衣子に伝えたかったのだろうか。麻衣子は預かった短歌を整理して自分の書棚に封印してしまった。それにしても、〝再び共に会いなん〟と詠ったその中に父親は入っていたのだろうか。それとも消されていたのだろうか。もっと兄の気持ちに寄り添うべきではなかったのか。兄の気が済むまでわだかまりを持ったままの父への思いを聞いておけばよかった。取り返しのつかないことをしたように麻衣子に激しい後悔の念が再び走った。

物思いに耽っている女主人に愛想を尽かしたのか、いつの間にかグーは麻衣子の膝の上から姿を消してしまったけれど、麻衣子の回想は峯生が帰って来るまでいつまでも続いた。

この頃、三人姉妹が集まると、もっぱら亡くなった兄さんのことに話が集中する。とうぜんカヨ子の耳にも入ってくるのだが、ふだんでも、カヨ子がいることを誰も気にしていない。それどころか、時には「ねえ、カヨ子さんはどう思う？」などと話の仲間に引きずり込むことも珍しくはなかった。佐保子が、

——男って意外に女々しいところがあるのね。

と言うのを受けて麻衣子が、

——確かにその通りよ。女々しいのよね。

——女々しいってマー姉ちゃん、どういう字を書くか知ってるの？

——もちろん知っていますよ。だから、よけい腹が立つの。私が小説家だったら、女々しいなん

て言葉使わずに、そうねえ、何ていう言葉がいいかなあ。男って時の権力に弱い？　名誉欲がある？　おまけにマザコンときたもんだ。男って本当は精神的に自立していないんじゃない？　だから前世期から、今に至るも女性の自立が怖いんじゃないのかな。でも、いつの間にかこの世は下剋上……。

――全く、すぐ話が飛んじゃうんだから。マー姉ちゃんの悪い癖よ。

――はい、はい。以後気をつけます。でもさ。母さんが夫の遺品として、勲章や勲記、それにあの夥しい父さんからの手紙、保管してたのね。

――そうそう、母さんから父さんに送った手紙は、父さんと一緒に海に沈んでしまったんでしょうけれど。

――ねえ、マー姉ちゃん。父さんの手紙読んでみた？

――それが大変なの。何十年も前のだから、インクは薄れているし、紙はポロポロと崩れてしまいそうだし、おまけに慣れない崩し文字でしょ。何でもパソコンで済ましちゃう報いで四苦八苦よ。

――兄さんたら、父さんの遺品を一人で眺めては、何を考えていたのかと思ったら、母さんがきちっと保管していたまま、その包みに指一本触れていないのね。

と佐保子が不思議そうに言った。

――わかりませーん。兄さんが何を考えていたのか。紀子がおどけた声で叫んだ。

――そうよ。一番大切なことは目に見えないって、言うじゃないの。

――違うって、佐保子姉さん。それは「星の王子さま」に出てくる有名なフレーズだけれど、チャウのよ意味が。

――わかってますよー。そんなこと。久しぶりにノリッペをからかってみたくなったの。好きだったもんね「星の王子さま」。夢中だったよね。小学生のとき、入賞したことあったでしょ。感想文？

――ちがうー。美術展よ。星の王子さまのコラージュよ。ああ、あの頃はたくさん夢見ていたんだけど。

――そうそう、美大に行きたいなんて言って、画塾に通う月謝を稼ぐんだって、アルバイトしたりね。

――あの頃って、高校生がアルバイトをしても、学校側からは何も言われなかったのよね。今は禁止なんですって。特別の事情がある場合のみ、学校から許可をもらうんですってね。

――そっか。あの頃のアルバイト学生って、自分で学費を稼ぐとか、なかには家計を助ける人もいたりして、美談だったのにね。本当に十年一昔どころか、三年一昔ってところね。ところで「ガラパコス諸島」の人たちって、ガラケイなんていう風に使われていること知っているのかなあ。ねえ、父さんは第二次世界大戦なんかが始まるよりずっと前に、あのあたりまで航行したんじゃない？　何だか木製の民芸品みたいなお面が、違い棚の左の方に置いてあったの覚えてない？　確かアマゾンの何とかって聞いたような気がするの。

――ああ、あれあれ、あれね。覚えてますよー。

麻衣子と紀子がハモッテ答えたので、三人は思わず大笑いしてしまった。

――だってね。あのお面怖かったのよ。目のところが穴になっていて、どこへ逃げても、その穴の目が追いかけてきて、それが怖くて、怖くて、独りであのお部屋に入れなかったのよね、ね。

――母さんがね、まだあの家にいた頃の話だけれど、そう、あなたたちはまだ小さくて覚えていないでしょうけれど、疎開するって決まった時、あのお面を見ながら、父さんのことだから、どこかの無人島で生きているかもしれないなんて、冗談言っていたの思い出したわ。最近、急にガラパコス島なんてことが人の口にのぼるようになったので、思い出したの。

そして、話はまた止めどもなく違う方へ流れていった。

兄さんの百か日の法要が迫ってから麻衣子は、「そろそろ、勲章は自分の家へ持って行った方がいいんじゃない？」と佐保子と紀子に声をかけた。

母が大切にしまっておいたまんま、無事に麻衣子のうちまで届いて保管されているとわかっているので、二人とものんびりしている。

――やっぱり私にはわからないの。兄さんは、私たちにはあんな権幕で渡さないって、拒否したのに。

――なぜ、自分で包みをあけて中を確かめなかったのかしら。

紀子が首を傾げて言った。佐保子が、

――私はね、あの怒り方が尋常でなかったから、てっきり売り払って、遊びまわる小遣いにしてしまったのではないかと勘繰っちゃったりもしたのよ。だから、あんなに拒否したんだとね。

――佐保子姉さん。勲章なんてほとんど、値段らしい値段はついていないのよ。ちょっとネットで調べてみたんだけれどね。

と言う麻衣子の言葉を受けて紀子も、

――そうそう、私の家の方は、元官僚とか、戦前は旧軍人の隠居地だったせいか、骨董店が多くてね、軍関係のグッズは大きな箱に無造作に入れてあって二束三文よ。さすがに勲章とかご下賜品の酒器なんかは隅の方に並べてあるけれど、埃をかぶったままよ。ときどき、杖を突いたご老人が、ぼうっと立って眺めていたりしてるの。

――だいたい母さんがいけないのよ。こういうことは生前にきちっとしておくべきなのよ。

――佐保子姉さんはいつもそうね。父さん以外の人については、誰のことも非難するばかり。

父親と息子の葛藤というのは、父と娘の立場からは多分理解しがたいものがあるのかもしれない。過去に残された文学作品にも、時代や父子関係の設定に違いはあるものの、夏目漱石も志賀直哉も寺田寅彦も、水上勉と窪島誠一郎の父子関係となるとこれはあまりにもドラマチック過ぎ

るけれど、枚挙にいとまがない。麻衣子がそんなことに頭を巡らしていたら、佐保子が、

――そうよ、私の原点は父さんなのよ。兄さんがね、覚えていない？　大言海を開いて、その時だけはお座敷の大きなチークのテーブルを使って、私が部屋の中に入ると、邪魔だ、気が散るなんて怒ってね。あとから得た知識だけれど、万葉集を何だか分析してノートにまとめていたらしいの。父さんがそんな兄さんを絶望的な目で眺めてね「この戦局時に、無駄なことは止めなさい」って。兄さん、父さんには逆らえないでしょ。私に怒りをぶつけたのよ。悲鳴をあげて泣き出した私を父さんは抱きしめて、父さんは兄さんをにらみつけたの。私の記憶の彼方から父さんが蘇ってくるのは、いつもその時のシーンなの。

麻衣子も紀子も初めてきく話だった。麻衣子は兄が父親の伸ばした腕の先から廊下の端に吹っ飛んだ時のことを思い出した。あれは今の話の前なのだろうか、後なのだろうか。麻衣子は兄から預かって自分の書棚に納めてしまった短歌のことを痛ましく思い出した。

――兄さんね、ずっと死ぬまで戦争と父さんのことを抱えていたのよね。大学を中退したのだって戦争に敗けたからだし、それに、アメリカに転勤の話が出たとき断固として断ったでしょ。外国の支店というより、出張所なんだけれど、そこをまわるのが取締役として残る必須条件なのにね。短期の出張さえ拒んじゃって。とうとう意地を張ったようにアメリカの土を踏まなかったのよね。私にはそこがどうしても理解できないの。

と言うと、とにかく私は金鵄勲章をいただいていくわ。これはおじいちゃまの唯一の形見とし

て、息子に残していくの、と言う佐保子の言葉に続けて、

「私は息子が二人いるから……」と紀子も遠慮っぽく言いながら勲二等と勲三等の旭日章の二つを手に取った。麻衣子が「いいのよ、私は残りもので」と言うと、紀子が「マー姉ちゃん、そんな言い方しないでよ」と、ちょっとなじるような口調で言いかけたけど、思い直したようにそのまま黙って手にしていた紫の風呂敷に黒塗りの箱を大切そうに包んだ。

でも、よかったわ。元のまま残っていて。売らないまでも、ひょっとして遊び友達の女性に、こんなもん、別にいらないから持っていくかい？　なんて恰好つけてあげたりしたのかもしれないなんて、そんなことだってあり得るものね」。佐保子はまだ言い募っている。

麻衣子が肩章や略章も桐の箱一杯あるのよ。それと父さんの手紙のほかにね、母さんの短歌のノートが三冊……。と言いかけると、「うーん。あとは麻衣子にまかせるわ。何てったって、あなたは、私と違って兄さんの信望が厚かったんだから」そのとき麻衣子は佐保子の息づかいに多少の毒と苛立ちが混じっているのを感じた。兄を非難し続けてきた自分と、兄を理解しているような顔をしている妹への苛立ちなのだろうか。

「今日ね、宮田さんちの夕食ね、酢豚だったんよ。奥さんがな、今日は姉さんも妹も娘たちも来て夕食を一緒にするから、手伝ってってって言われてな。一緒に作ったんやけれど、大きな中華鍋にたーくさん作って、うちらの分もとお裾分けしてもろたん」カヨ子はちょっと得意そうに言いな

がらみんなの皿に酢豚を取り分けた。

カヨ子はもともと関西出身なので、気楽に話すときは、はんなりと訛る。カヨ子たちはキッチンとそれに続くリビングだけは共同になっていて、夕食は四人が一週間交代で作っているが、ほかのことは一切干渉しない。十余年の間には顔ぶれも替わったし、トラブルが全くなかったといえば嘘になるかもしれないけれど、おおむねうまく生活している。院長の大先生がにこやかに様子をそれとなく見守っていてくれるからに他ならない。現在はカヨ子と貞子だけが、かつての入院患者で、あとの二人はちょっと訳ありの女性。大先生が仲良くやって下さいと連れてきたのだった。麻衣子の所からのお裾分けの酢豚は四人にとっても大歓迎ものだった。

夫のDVからやっと逃れて来たカッチャンは四人の中で一番若い。このカッチャンが夕食当番の週は、冷奴とお刺身が続く。貞子がそのことをちょっと不満げに口にしたら、カッチャンはとつぜん激しく泣き出した。それ以来、誰も惣菜のことで文句をつけることはない。お互いに出し合っている食費の中でやりくりした惣菜と白いご飯、お汁、食後のお茶があれば極楽、極楽というものだ。夕食が終わればそれぞれ自分たちの部屋でTVを見たり、編み物したり、それでも何かのはずみで遅くまで喋り込むことがある。何年かの間には四人それぞれが抱いている事情をのみ込んではいるけれど、今のところはお互いの傷口に触れるようなことはない。四人とも、無駄に人生の裏街道を歩いたわけではないし、大先生はそれぞれの人柄をきちっと見届けて安心して一緒に住むように手配してくれたに違いないと、カヨ子はいつも思うのだった。

カヨ子は思いがけず宮田家とは長い付き合いになってしまった。子どもが小さい頃こそ、カヨ子も重宝な働き手だったかもしれない。でも、今は違う。しかし、麻衣子はそんなことを気配にも出さないで、永年一緒に暮らした家族のように扱ってくれて、居心地がいい。多分、カヨ子の出しゃばりもせず、卑屈でもなく、自然体なのがお互いにいい関係を保っているのだろう。カヨ子もこの家が好きだった。一日の接触時間が短いということも幸いしているのだろう。お互いに居心地のいい空間を作っている。

そんなある日、カヨ子は、そろそろ帰る時間だなと思いながら、外から戻って来たグーが歩いた廊下を、固く絞った雑巾で拭いていた。開け放してある廊下に傾きかけた西陽が柔らかい。そこへ麻衣子が手に載るほどの黒塗りの函を二つ持って来て広縁に静かに置いて、

「カヨ子さんも大体のことはわかっていると思うけれど、これなのよ。問題の勲章は。これね、勲三等の瑞宝章なの。ちょっと女性的なデザインで、実はこのデザイン私は好きなんだ。芸術的だなんていうと褒めすぎかもしれないけれど。問題なのはこっちなの。これは勲三等の旭日章よ。ノリッペが勲二等と勲三等のと同じ旭日章を二つ持って行ったけど、そのほかに、実はもう一個あったのよ。佐保子姉さんがね、最初包みを開いたときに、もう一個ある筈なんだけどって、ちょっと首を傾げていたけど、記憶が定かじゃなかったらしく、それっきり何もいわないので、私も黙っていたんだけれど。私が宮田と結婚するときにね、いやねえ、もう何十年も前の話よね。家族の

反対する結婚だったし、仕度なんか一切いらないって。これはあの人の意見でもあったの。私もその通りと賛成したの。このぼろぼろの家を土地の値段だけであの人が買い取ってね。あの頃、ここがこんなに発展するなんて、誰も想像しなかったのよ。彼だってね、別に目端が利いたわけではないの。君も運転免許をとれば何も不便なことはないよって。門から玄関までの仕様が何かあの人を捉えたらしいの。そこだけは残して、雨漏りがして、かび臭くて、蛇の抜け殻があったりするこの家をね、それでも何とか、ちょっと内部を改造して、特にキッチンまわりわね。あの人はれっきとした建築士にはちがいないけれど、まあ、もともと、ちょっと風変りな人なのよね」

カヨ子は麻衣子の話を聞きながら、およそ現代のモダンな感覚からはほど遠い、この家の門から玄関までの苔で縁取られた飛び石が按配されているアプローチのことを思い浮かべた。年々、苔の色が深くなって独特の貌つきになり、毎朝、門を潜るのをカヨ子は楽しみにしている。生まれ育った家と、どことなく同じ空気が流れているのだろうか。頬のあたりが、訳もなくほっと弛んでくるのだった。麻衣子の話はまだ続いている。

「とにかく何とか形が整のったところで、近親者だけを招待して、ここでパーティーの真似事のようなことをして結婚の披露にしたわけ。その時、母がね、この旭日章を持ってきてね、真ん中の石は瑪瑙だから、それを取り出してペンダントでも作るようにと置いていったの。今回、言うべきかなと頭の隅を掠めないこともなかったんだけれど、佐保子姉さんもノリッペも結構勝手なことを言うから黙っていたんだ。もともと、これは母さんから私への結婚プレゼントなんだしね。

世の中の事って、こんな取るに足らないようなことでも、必ず何かウラっていうもんがあるんだなあって、自分でおかしくってね」麻衣子はまだ喋り足りないのか、
「ねえねえ、カヨさん。もう一つウラがあるの。これね、母さんは赤色瑪瑙だって信じていたけれど、実は二酸化セレンを用いた赤色の七宝なんですって。と言ってもそれが何？って、私にはよくわからないんだけれど。結婚してすぐ宝石専門の細工屋に持って行ったとき、そう言われたの。だから外してペンダントにするより「このまま大切に保管された方がいいですよ」って。この話は誰にもしていないので、母さんは大きな赤色瑪瑙だと信じたまま父さんのところへ行ったってわけね。私にしてもダイヤだと信じていたものがガラス玉だったらショックだけれど、瑪瑙でも七宝でも、別にかまわないし。赤色瑪瑙は長寿、健康、子宝をもたらすっていうことだけれど、七宝だって何とかそれをクリアしてくれたようだし……」

「まだ時間がありますから、庭の草取りをしましょうか。芝生が枯れているうちに雑草を抜いておけば、春になって楽ですし」と、カヨ子は庭に下りた。草取りは病院に入院中にやらされたことがあった。カヨ子は嫌いだった。治療という名目が腹立たしく感じられたのかもしれない。でも、この愛すべき小庭ならなんの苦にもならない。伸びすぎた彼岸花が倒れかかっている。根元を一握りして花鋏を構えたら、綿菓子のようなたんぽぽが一本、自然の摂理を錯覚して隠れていた。黄色の切り紙細工のような花をつけている時は誰にも見つけてもらえなかった。それでも懸

命に咲いた。

――あらあ、狂い咲きね。今年は冬の来るのが遅いと思っていたのよ。

――帰り花、です。カヨ子は呟くように言った。

――そうね。帰り花。〝帰り花昔の夢の寂かなる〟って円地文子さんだったかしら……

カヨ子は土に顔がつきそうなほど低くしゃがんで、手毬のような綿毛に息をふっと吹きかけた。

今まで陽だまりでうとうとしていた猫のグーが、「話、聞いたいちゃったよ」と言わんばかりに不意に立ちあがると、庭に下りて、蹲の水をぺろぺろ舐めながら、横目で麻衣子の顔をうかがっている。春の小雪よりも淡々しく舞う綿毛を目で追いながら、二人とも黙り込んでしまった。

「おいしいお茶、淹れてきますね」そう言いながらカヨ子は立ちあがった。

流されて

先日、週刊誌のフリーライターをしている友人から、ちよっと変わったショーだから行ってみない？　と言われて、一枚の招待券をもらった。どうしてぼくに？　なんで一枚？　と質問したいところだったが、どうせ、ぼくは妻にも逃げられてしまったヒネクレ者のはぐれ鳥だし、余ってしまった招待券を捨てるのももったいないと思ったんだろうから、まあ、いいかと、特に質問もせず、黙って受け取った。

券を受け取ったことも忘れかけていたのに、ふっと行く気になった。ショーはチャップリンをパクッたように見せながら、巧みに社会批判が入っていて意外に面白く、気の利いたものだった。人波に押されながら外に出ると、チケットをくれた奈海がすっと擦り寄ってきた。

「きっと、来てくれると思ってたんだ。私もちょうどこの近くで仕事が終わったところなの。お茶でもしない？」

「夜の気配が立ちのぼりはじめた頃だ。いい年をした男と女がこの時間にお茶でもないだろう」

「そりゃそうね」。話は早かった。

独り暮らしの良輔が、何かと言えば立ち寄る、年配の夫婦が切り盛りしている割烹風の居酒屋「まつき」に入った。奈海が仕事で近くに来ていたと言うのは半分は口実だったのだろう。

少しお酒が入ったところで、「ねえ、死ぬってどういうことかしら」

いきなり、とんでもない話題を振ってきた。

「何だい、急に。一言で言えってのかい。わかるように説明して下さいって言われてもねえ。孔子ですら『未だ生を知らず、焉んぞ死を知らん』と言ってるよ。ましてやぼくなんか『それは永遠の未知です』としか、答えようもないよ。でもさ、それでは気が済まないんだろ」。

「ふーん、そうか、そうよね」答えにもならない答えに怒りもしないで一人で頷いている。

「どうかしたの？」良輔の問に対しても、独り言のように、

「今日インタビューした女史はね、うん一応、取材も終わってプライベートになってからの話なんだけれど、自殺するのなんて、馬鹿だ、卑怯だって言うのね。死ぬだけのエネルギーがあれば、生きてみろだって。そんな野暮な説教は、いわゆる道徳家さんが若いもんに向かって、さんざん言ってるわよ。でも彼女はそういう説教とも違うのよね。何れにしても死ぬのは全て当てつけに過ぎない。そんな人のためにくよくよ考えるのは愚の骨頂だって。恋人だって、夫婦だって、わが子だって、そういう当てつけをするような人のことは忘れりゃいいのよって言い募るの。その言い方っていうのが実に傲慢で、いかにも上から目線なの。貴女に生きることの哀しみなんてことがわかるの？　人生の機微がわかるの？　物書きの端くれに、じゃなかった、彼女のもの、けっこう若い人に人気があるのよね。今の若者ってあんな薄っぺらなハウツウものを小説仕立てにしたものがいいのかしらね」

奈海が、何の抵抗もなく今の若者と言ったのが可笑しくて、良輔はくすっと笑いながら、

「君、彼女にそう言ったの？」

「まさか、まさか、そんなこと言ったとたんに、私の首はすっとんじゃう。だからこうしてリョ

ウ君を待ち伏せしてたんじゃない。そんな、偉そうなこと言った舌の根も乾かないうちに、うちのココちゃんね、彼女の飼っている猫のことなんだけれど、私が出かける支度を始めるとそわそわしてね、打ち合わせの電話なんかしていると、そばに擦り寄ってきて足を引っ掻くのよ。ほんと、うちのココちゃんほど器量良しで頭のいい猫、珍しいでしょうね、ですって。ああ、思い出しただけでもムカムカするわ。私だって、私だって猫飼っているし、そりゃ、あの子だって誰にも負けないほどの、器量良しで利口な子なの。でもね、そうよ、猫は自殺なんかしないしね」

奈海は腹を立てると、同じフレーズを繰り返す。さらに何とか女史の口調を、少し口をとがらせて、リアルに再現するのを見て、良輔はちょっと可愛いなと思いながら、誰かに聞いた話をふっと思い出した。嫁、姑が猫を挟んで対立して険悪な空気になったとき、その猫はふらっと姿を消してしまい、どうしても見つからない。とうとう探すのを諦めて、その猫ちゃんも承知している浴室の窓を少し空けてその夜は寝てしまった。翌朝、猫は車に轢かれて道路わきで冷たくなっていたそうだ。あれは自殺です、と言って嫁さんが泣き悲しんでいたっていう友人の話を。

そんな二人のやりとりに、おかみはさり気なく頷きながら「もう一本、熱燗つけましょうね」。すかさず、亭主の方が、石巻から海の香をたっぷり含んだ若芽がさっき届いてね。静岡の自然薯の千切りと紀州の梅肉と和えて、ハッハッハ、山海の珍味って奴ですわ。中々いけますよ。でも、若い人にこんなのばかりじゃたよりないから穴子の天ぷらもすぐ揚げますからね。若い人だなんて、と奈海がちょっと照れている。

客は、良輔と奈海が陣どっているカウンターのはすかいに一組、三人の男がいるだけだった。三人は大学時代の友達が久しぶりに落ち合ったという感じで楽しそうだ。おかみが時々相槌を打っている。そんな雰囲気に奈海も少し落ち着いてきた。

「私ね、こんな仕事のほかに、ゴーストライターしているの知ってるでしょ。まあ、こっちの方がずっと収入にはなるんだけれど、仕事が途切れる時があって不安定なのが玉に瑕。でもね、女性の一代記みたいなものは、どうしても女性でないと書けないってところがあって、というわけで私は随分仕事がもらえて、助かっているんですけどね」

「で、今度も女性のサクセスストーリーって奴、書いてるの？」

「ううん、違うの。時々週刊誌なんかでやるじゃないの。――〈戦後、何年、あの時の少女は今！〉――なんて特集を。そんな流れでね、私にはあの頃話題になった女性のその後を追跡させたいらしいの。あの頃、新宿なんかで流行った額縁ショーの人とか、ミュージックホールのストリッパーのその後の人生とか、浅草の劇場で永井荷風なんかとバタフライとツンパだけでカメラに収まっていた人たちのその後なんてね、みんなもう八十代後半でしょ。以前にほかの取材をしている時に、有紀子さんて人に出会ったの。彼女ね、ダンサーだったり、ストリッパーだったり、まだまだ何が出てくるか未知数なんだけれど。静かな声で話す老女で、余り話したがらないんだけれど、会っているうちに、私がすっかりその彼女に惚れこんでしまって。今、特養に入っているの。特養って知っている？　特別養護老人ホームの略称よ」

「まあ、僕だって、そのくらいの知識はあるけれど」

「それでね、私は日本の戦争、敗戦直後の日本に翻弄されながら生き抜いて来た女性という観点からも、みんなの歴史認識を活性化するためにも、なーんてね、ことが頭にあったもんだから、この企画聞いた時から有紀子さんのことがすぐ頭に浮かんだわけ。でも、だんだん落ち着いてきたら、雑誌社のねらいと少し違ってきちゃったわけ。私は同世代の人より歴史認識は強いなんてね、うぬぼれていたけど、例えば、私たち世代は現代史の授業で『第二次世界大戦と教わり、その中での太平洋戦争』というわけなんだけれど、十二月八日っていえば、ジョン・レノンが撃たれて死んだ日だってことは知っていても、ハワイ沖の奇襲攻撃、トラ、トラ、トラの暗号のこと、その時点では大東亜戦争って言ったんだなんてね、でも、そんな知識なんかだけでは甘いんだってことを、思い知らされたの。真剣にこの老女を通しての戦後に取り組んでみたいの。彼女はもう八十代後半でまさに老女なんだけど、生と死に向き合った人生を、静かで控えめに受け入れているのに、時々ぞくっとするほどの冷たさと、艶っぽさがあるの。だからよけいあの女史の発言が気に障ってね。あんたの今、現在、居座っているこの世界がどんな犠牲の上に、どんな多くの涙の上に成り立っているか、わかっているのかよって。今の政治家は「歴史に学ぶ」ってことから故意に目を逸らしているけれど、あの女史は、偉そうな判ったような口をきいているだけ。無知そのものよ」

リョウは黙って盃を傾けている。ちょっとシンとした空気が流れた。

「あらあ、私一人で演説しすぎちゃった」奈海は照れたように呟いた。

「そんなことないよ奈海。奈海の真剣さにちょっとシンとしただけさ」

板前兼ここの亭主は、忙しそうに包丁を捌きながら、耳がこっちを向いているのを良輔は感じた。彼が、この辺の生まれだとしたら、大空襲で家も何もかも、母親さえ奪われたのかもしれない。そう言えば、いつだったか、勝鬨橋が完成したとき親父に肩車をしてもらって見に行ったとか、ここの亭主が話していたのを思い出した。とすると、この亭主の親父さんは時の権力によって、生業も女房も幼い吾子からも引き離されて、戦場に送られ銃弾に当たって死んだか、ドロの中を行進しながら飢えて死んでしまったのかもしれない。いなせな感じで若く見えるけれど、そろそろ七十の大台に乗る頃なのか、そう思って見ると、人をそらさない粋な感じはするけれど、どこか一徹な筋の通った雰囲気がある。

すっかり落ち着きを取り戻した奈海は、

「これ、今話したルポのコピーなの。まだ要整理の段階なの。時代の背景も正確を期したつもりだけれど、リョウ君お願い、その辺のところをちょっと頭に置いて読んでみてくれない?」

A4判がすっぽり入る、何とかというブランド物のバッグからコピー用紙の束を取りだして、良輔に渡した。

その夜、良輔は自分の部屋にもどってから、預かったコピーを一気に読んだ。

――あの人たちの今――

有紀子の十六歳は「DEATH BY HANGING（絞首刑）」に始まったと言っても過言ではない。日本が戦争に敗けた年の暮れ、有紀子の父親はかつての戦場だった南方の島の現地裁判で戦争犯罪人としてリンチ同様に絞首刑になった。間違えられたのだと知らせてくれた人もあったけど、現地の人にとっては誰でもよかったのだろう。病身だった母親はそのまま床に臥して夫の後を追ってしまった。

長野県の山奥に疎開したまま孤児になり、ぽつんと取り残された有紀子は、空襲で焼け残った横浜の伯父の家に引き取られ、一歳年上の従姉と同じお嬢様学校に復帰した。疎開するまで、この従姉と通っていたバレー教室も、焼け跡と化した元の場所に簡素な稽古場をつくり、レッスンを再開した。有紀子は何の疑いもなく中断していたバレーのレッスンを従姉と始めた。そのときの有紀子には、公職追放と戦後のインフレ、そして食糧難をかかえて、伯父一家が窮乏していることに気がつかなかった。食糧不足で空腹に耐えかねることはあっても、有紀子は理不尽に起こった身辺の不幸を忘れるかのように必死でレッスンに励んだ。

昭和二十一年、戦勝国によるBC級の戦争裁判が横浜の法廷で開かれることになった。登下校の際に、その法廷が開かれている裁判所の近くを通る有紀子は、それを知って惹かれるように軍事法廷に顔を出すようになった。判決の出る日は家族の方たちも大勢みえる。普段はほとんど人のいない傍聴席は満席になる。法廷へ出かける日は学校をさぼった。そのことは従姉の口を通して伯父の知るところになったが、伯父はそれを黙認した。有紀子の父親のこともあり、それなりに戦争裁判というものを、直に知った方がいいと考えたのかもしれない。それより学徒動員で戦場に連れて行かれた息子が、無事に帰って来るかどうかの方が、孤児になった姪のことより、心を大きく占めていたのかもしれない。有紀子は法廷に通ううちに一人の年上の女性と親しくなった。彼女は静子という名前の穏やかな女性で、長野で教師をしている。有紀子の疎開していた所と近いということから話の糸口がほぐれ、二人は急接近した。境遇も似ていた。静子の父親は捕虜虐待のかどで絞首刑を宣告され、何人かの部下たちも終身刑だったり、二十五年、二十年の重労働の判決が出たという。

判決のときは、名前を呼ばれると一人ずつ前に出る。たとえば「IMPRISONMENT FOR LIFE（終身刑）」と言い渡されると、MPがさっとその人の両側にまわって腕を取り、ドアから連れ出す。ドアの所で誰もがつっと立ち止まり、傍聴席に向かってかすかに微笑む。会釈する人もいる。有紀子の斜め前の席で幼児を抱いた女性が、静子の胸に顔をうずめて声を殺して泣いていた。その女性が誰の妻だったかどうかは確かめることもなかったが、静子と有紀子はその日から言葉を交わすようになった。

法廷には連合軍側の構成とは言え、弁護団が付いている。父のことを考えるとそれは有紀子にとっては驚くべきことだった。この弁護団あてに減刑嘆願書を出したのが成功して、静子の父親の裁判は全員が減刑され、中にはほどなく出所することができた人もいた。しかし、静子の父親は捕虜収容所の最高指導者だったということもあり、絞首刑は免れたものの終身刑だった。彼は部下たちの刑が軽くなればそれで十分だと、面会に来た妻と娘に語ったが、間もなくプリズンで病死した。静子の母親は後を追うようにふっと病を得て夫の元に行ってしまった。有紀子と静子、あまりにも似た環境に驚きつつ二人は慰め合ったものの、静子は長野に戻ってしまい、いつからとなく連絡は途絶えがちになった。

有紀子の伯父の一人息子は戦場から戻ってきたが肺結核に侵されていて、ストマイ購入のため邸は売りに出され、折よく女学院の卒業を迎えた有紀子は、伯父の家を出て一人で暮らすことになった。伯父は法務畑に籍をおく友人に有紀子の就職を依頼し、その友人は刑務所の女性矯正官への道をつけてくれた。これなら衣、食、住ともに保障される。有紀子は礼を言って、そのまま東京の下町に三畳の部屋を借りて一人で暮し始めた。有紀子一人の米穀通帳を、これだけは大切に持っていなさいと母親が言ったのを守っていたのが役に立った。

空襲で日本中の大小の夥しい町が焼き払われた。ことに東京の無残な様は、浮浪児、餓死者などという言葉と共に新聞の紙面に報道されていた。焼き払われた後、無条件降伏をした日本は劇場の復興まで手がまわらなかったし、焼け残った大きなビルは占領軍に押収されていた。焼け残って都心で唯一と言ってもいいほどの日本人が使えるビルの地下にある喫茶店で、有紀子はウエイトレスとして働くことになった。一階はオペラ、芝居、バレエ、歌謡ショーと、硬軟入り乱れて演《だ》しものが目白押しに詰まっていた。最上階の五階はストリップ劇場になっている。有紀子の働く喫茶店はこの円形のビルの地下の半分ほどが、そのままずっぽり店になっているので、中央の十数席の客席からちょっと離れて、円の縁の部分はテーブルと五、六脚の椅子が置けるブースになっていて、顔が隠れる程度の薄物のこじゃれたカーテンが付いている。そんなブースが五部屋あって、スペシャルA、スペシャルBといって、Eまである。脚本家、演出家、演しものの打ち合わせにと、このブースは人気があった。周囲には大小の新聞社がひしめいていたし、新聞社に記事を売ったり、雑誌にエロ小説を売ったり、闇市に何でもありのように、ここには色んな人生がひしめきあって、いつ何が爆発してもおかしくないネタが転がっていた。

そのうち、何度かこのブースにも現れていた澄夫とほとんど何の抵抗もなく同棲するようになった有紀子は、部屋も四畳半と少し広い所に移った。彼はフリーの政治記者として、新聞社や雑誌社にもろもろの記事を持ち込んで僅かな金を得ているのらしいけれど、それがこの記事だよと、はっきり見たことはない。小説も書いている。そのほかに、澄夫と同じような夢を食べている連中と脚本を書いたり、コントの種本を書いたり、歌謡ショーの合間に歌手が入れる台詞を考えてみたり、そんなことで小遣い稼ぎはしていた。一向に何も完成しないし、どこからもオファーはないが、澄夫は悠然としている。苛々もしないし、がつがつもしない。書くことが使命なんだと心得ているかのように、せっせと書いている。そんな澄夫を見ていると、有紀子も何だかそれが当然のことのように思えて、ゆったりと穏やかで幸せな気分になるのだった。そして気が付いたら一緒に暮らすようになっていた。売れる前の作家の卵を支えているという風な気分でもない。

澄夫と一緒に暮らすようになってから、喫茶店は辞めた。

この辺りから有紀子に関する箇所には4Bでどんどん斜線が引かれている。しかし良輔にとって、銀座の伝説的になったバーのマダムとか、文士の集まる小料理屋の先代のおかみの今は、という話より、消されている部分に書かれていた、榎田一也という男に強く心を魅かれた。一也は澄夫に続いて有紀子の前に現れた男性のようだ。

――俗に戦犯裁判とかBC級裁判と呼ばれていた軍事裁判がすべて終了して間もなく、朝鮮戦争が始まり、アメリカ兵は大量に戦場に送られ、手薄になった巣鴨プリズンでは日本人が占領軍に代わって管理者側の要員として働くようになり、講和条約が締結した昭和二十七年からはプリズンの運営管理は日本側に渡された。同じように戦場に送られ生きて帰ってきても、戦犯として収監されている者と、狭いとは言え官舎を与えられ、家族ともども暮らしている管理者の立場になった者との間に、どれだけの差があったというのだろうか。お互いに複雑な心境を持ちながらも、時の刑務所長はこの事実を踏まえて、画期的にいろいろなことの改善に努力した。トラックで作業場に連れ出して重労働することを完全に撤廃し、家族の病気見舞いとか葬儀のための一時外泊の許可は極端に弛めるように計らった。留守家族はどの家庭も働き手を失って生活に困っている。そこで昼間は外で仕事につくことができるように計らい、その賃金を家族に送金することが可能になった。その頃から刑期の短い人たちは順次、釈放され始めた。一時は日本人の間でも「戦争犯罪人」などと言って忌避していた人たちの認識も徐々に変わってきた。刑期が重く、プリズンに残っている人たちも「巣鴨プリズン簡易宿泊所」などと、冗談を言う余裕も出てきた。こうして規則が緩やかになっても、朝、早い人は六時頃から出勤しても夜は必ず全員戻ってくる。もしも、そのまま戻らない人が出たことが連合国側に判明すると、せっかくここまで努力して得た自由が一挙に潰されるかもしれない。お互いに迷惑をかけないようにという連帯意識を支えに、矛盾も恨みも静かにのみこんで歯車をまわした。一人だけ、わが家に様子を見に戻って、家庭が無残に崩壊しているのを目の当たりにして、その場で自殺した人が出た。この一件だけが大きなハプニングだった。

講和条約締結後、父親の部下たちがどうなっているか心配で、静子が職務の合間を縫って一度だけ上京してきて、有紀子と再会した。静子は父親の一番近くにいた、重労働二十五年の判決がおりた榎田一也がどうしているかと心を痛めていた。榎田一也は本籍は長野だったが、赤紙がきたときは広島で妻子と暮らしていた。一也は広島で被爆した妻と幼児に再会はしたものの、裁判中に妻も幼い娘も原爆の後遺症で亡くなったということを、静子は父親の口から聞いていた。

一也は隅田川の川っぷちにへばりつくように立っている町工場に勤めに出ていた。大きな木箱や風呂桶のようなものを作っている工場で、経営しているのは彼の戦地での仲間で、裁判中もずっと一也のことを気にかけていた。ちょっとした運命の行き違いで、一也は戦争犯罪人として囚われの身であり、彼はつつましいとはいえ、家族と暮らしている。一也が音楽の世界が好きで、平和な世の中になったら楽器の工場で楽器を作って暮らしていきたいという夢を持っていたのを知っていた彼は、こんな物しかないんだけれどと言って、どこからか手に入れてギターを差し出して、「別に仕事なんかしなくてもいいんだよ。昼間はここで好きに時間を使ってよ」と一也に渡した。そんな一也の姿を見て、静子は安心して長野へ帰った。

静子と再会し、一也のいる工場に二人で出掛けたときは、すでに有紀子は、下町の歓楽街にある劇場で、アナベル・ユキという源氏名でストリッパーとして、裸を売っていた。有紀子の働いている小屋はコント風の女剣劇や、三味線漫才なども演るが、何といっても入れ替わり、立ち替わりのストリップショーが売りものだった。ショーは土曜日、日曜日は昼間と夜の四回公演で、あいだの日は夜だけだった。ショーがはねたあと、都電の終電に間に合わないことが多かった。そんな時は何も考えずにヒールつきの靴をぶら下げて足早に川っぷちを歩いて帰る。その夜も、高い空にちりばめられた星の光をバックに、泣き笑いをしているような欠けた月が昇っていた。何処へ行くのか、年老いた男が、ボートに荷を積んで川を上っていく。こんな夜更けにどこへ、と思いつつも、どの人も生きている限りそれぞれの人生を歩くより仕方がない。水を掻きまわされて眠っていたのを起こされたのか、野鳥の羽ばたく音が足元の闇の空気を動かした。

静子と一緒に、一也の働く工場に顔を出したあと、いつからともなく、昼間も川風に気分を漂わせながらぶらぶら歩いて、一也の工場に顔を出すのが、有紀子の愉しみになってから二度目の桜の季節を迎えた。吉宗が植樹したというこの桜並木は、どれだけ多くの人生を見つめてきたことだろうか。どれだけ多くの喜びや、哀しみの涙を抱き取りながら生き続けてきたのだろうか。工場の近くまで来ると一也の弾くギターの音が流れてくる。

かすかな風に舞う花びらを目で追いながら「私は変わっただろうな」と、ふと淋しくなった。工場の片隅で音を拾うように爪弾いている曲は、有紀子の知っているショパンのアリヤや、サティの一音一音零れるようなピアノ曲のメロディー。周囲を憚るように、静かにギターの弦は鳴っている。有紀子はそれを聴くだけで、ただ、ひたすら音の世界に引き込まれて、溺れるような喜びに心が震えた。とりわけ有紀子を喜ばせたのはショパンの幻想ポロネーズが流れてきたときだった。有紀子の幼児の頃の父親との数少ない交流のシーンが瞬間的に蘇った。そこには母の幸せそうな顔もあった――

原稿には有紀子と一也のことが出てくる辺りから、奈海の迷いが一層強くなってきている。澄夫の影がないのも気になった。良輔は読み終わるとすぐ、奈海の携帯に電話を入れた。昼間はお互いに仕事の都合で時間が作れないので、結局のところ、連チャンになるねと言いながら「まつき」で落ち合うことになった。

「奈海、あの４Ｂの斜線は、削除ってことを意味しているの？」

「そう。あの講和条約締結のあと、五年ぐらいの間に終身刑の人たちも全員釈放されて巣鴨プリズン、正確には巣鴨刑務所と言うようになっていたんだけど閉鎖されて、一也と有紀子は二人で流しをやったりしながら一緒に暮らし始めたの。その純愛、性愛、生きるってこと、死ぬってこと、戦争のこと、軍事裁判のこと、どうしても一つの物語として纏めたいと思い詰めて、それでね、有紀子さんに関することはこの原稿では必要最小限度にとどめることにしたの。デスクで、面白くないな、使えねえ、使えねえ、これは没だ！　なんて言われても仕方がないと覚悟しているの。でも、私ねえ、何だか有紀子さんと一也さんのとりこになったみたいで、落ち着かなくなってね、今日ね、かつての巣鴨プリズンのあった所、今はサンシャインシティね、あの脇に小さいけれど、慰霊の公園があるのよ。そこへ行ってきたの」

「ひえっ。僕も君の原稿読んだものだから、今日昼過ぎに行ったんだよ。池袋中央公園ね」

「えっ。どうして会わなかったのかしら。私たちって、よほどエロスの神に敬遠されてるのね」

「ちゃかしちゃ駄目だよ。僕は今はとても神聖な気分なんだから。そういう公園があるってことは知っていたけれど、サンシャインまでは行っても、あそこは初めてなんだ。周囲は喧騒の街なのに、何だかあの空間には、そこだけ違う空気が流れている。誰の設計なんだろう。公園の幅いっぱいに広がる緩いカーブの横長の石段。その向こうの滝は穏やかに水を落としているし、石段のあちこちには猫が我が物顔に長々と寝そべって昼寝していてね。大きい樹の下に置かれているベンチにはお年寄りがそれぞれ、静かに腰を下ろしていて、何だかスペインのアルハンブラ宮殿の庭の一隅にいるような気分だった。『永久平和を願って』と彫ってある〝平和の碑〟にも初めてお目にかかって、頭を下げてきた。ところで、奈海にしては珍しく原稿読んでみてなんて、しおらしいことを言うと思っていたんだけれど、ずばり、真相は有紀子と一也の話を僕に知ってほしかったんだね」

「ご明察。澄夫さんていう、有紀さんにとって初めての男性も消えちゃったし」

「えっ！　気になっていたんだけれど、澄夫って男は有紀子さんを弄んだの？」

「違うの。だから、週刊誌なんかに軽々書けないないと、私が勝手に決めたの。だれにでも話すというわけにはいかないし。でも私の胸の中だけにおさまりきれないのよ。だって私たちは生まれていないかもしれないけれど、私たちの父も母もその時代の空気を現に吸って生きていたっていうのに、すぐ足元のことなのに、そうよ、まだ生きている人がいるっていうのに、いつから日本人て目先のことしか見なくなっちゃったのかしら。因みに、私がその有紀子さんのことで何かを纏めるとしたら、タイトルは考慮中だけど、サブタイトルは、――アナベル・ユキの一生――って、決めているの」そのとき、亭主の耳が大きく動いたような気がした。

「アナベル・ユキ、まだ元気なんですか」亭主の呟くような声に奈海がびくっと反応した。

「小父さん、ユキさん知ってるの」

「ええ、親方の元で修行している頃で、毎日怒鳴られて、絞られていた頃ですがね。評判の踊子さんでしたよ。あっしなどはまだ小僧っ子で、たまたま出前の空容器を下げに行ったときですね、機会があって二度ぐらいは見ましたけれど」

「ふーん。こんな身近な所に生き証人がいるとはね。で、どんなだったの？」

「そう言われてもねえ、あっしなど小僧っ子にはわかりゃしませんがね。ただぼうっと眺めているだけで。ストリップと言っても、あの当時はピンからキリまでありましてね、いい劇場もありましたよ。のちに、あそこから随分有名な芸人さんが出ましたしね。アナベル・ユキはインテリなんだとか、謎の女性とか言われてましたよ。大学のえらい先生が贔屓にしているとかね。いやいや、こんな話が聞けるなんて、生きているって素晴らしいことですねえ」

奈海は明日お見舞いがてら会いに行くと言う。

良輔が「僕も同行してもいいかな」「駄目です」奈海がぴしゃっと言った。その強い拒絶に良輔は「奈海って、やっぱりいい女だな」と心が騒いだ。


忘れた頃、奈海の方から「まつき」で待っているからと連絡が入った。良輔を見てほっとしたように、

「多摩川べりの鉄砲水のニュース見たでしょ。」

「ああ、死者も出たねえ。亡くなったのは年配の人だってね」

「あのニュースでね、かなり年配の男性が辛うじて難を逃れて、たった一つだけ持ち出したっていうギターを抱きかかえて呆然としているところがニュースに出たんですって」

「ああ、ぼくも覚えているよ」

「そうしたら有紀子さんがね、あら、カズヤさん、そんな所にいたの？　って呟いたんで、周りにいた人が、あらあ、知っている方なのって、ざわめき立ったらしいのよ」

「例の君の書いたものに出てくる一也さんのことなの？」

「有紀子さんね、そうしたら、『そんなわけないですよね。だって一也さん、生きていればもう九十何歳よ。でも迎えに来てくれたのかなあ』なんて、一人でぶつぶつ言ってたらしいの。それから三日後に、誰も気づかない明け方、静かに息を引き取ったんですって。享年、八十七歳。私こと芦沢奈海は当年とって三十五歳。リョウ君は？」

「うん？　知ってるんだろ、僕の年齢、三十九歳だよ」

「二人足しても彼女の生き切った人生には追い付かないのよね。その少し役不足の二人だけれど弔い酒よ、今日は。付き合ってね」


亭主が、「これ、生の貯蔵酒、『紫陽花』です。やさしい味わいが酒飲みには物足りないらしいけど、奥の深い味ですよ。女の味、それもとびっきりいい女の味っていう奴です。これはあっしのささやかな気持ちです。気の済むまでやって下さい。その代わり、今日はあっしも付き合わせて下さい」

おかみがそっと暖簾をしまい始めたのを、横目で確かめて、良輔は亭主の出した盃に酌をした。

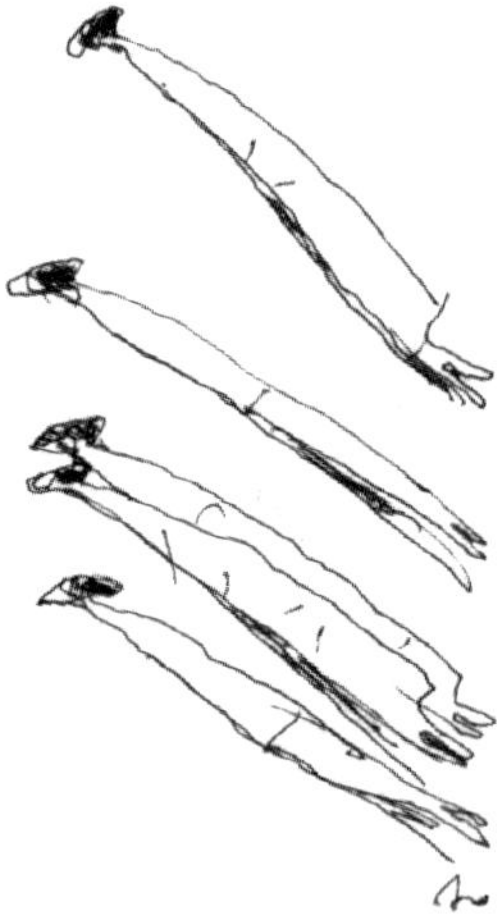

トボウトスルヒトタチ

余白のペンション

海抜千五百メートルの高原を走るバスの終点は、夏になるとラグビーで有名な大学が合宿に使うので、ガイドブックにも常に載っているホテルの前庭になっている。この終点からさらに奥にあるスキー場に向かって希伊子は歩き始めた。左手に広がる枯れ野は、秋になればドロップを撒き散らしたように、色とりどりのコスモスが群生する草原に変貌するはずだ。ゆるくカーブした道に希伊子の記憶は刺激された。このカーブを車にスキーを積んで、時にはスキー客も乗せたりして、バスの終点から何度も往復したものだった。それにしても何か気配が違う。シーズンオフとは言え人の気配がない。えっ、私は夢をみているのか？　いやいや、そんなことはない。肩にずっしり食い込んでいるリュックの中には、これから訪ねるペンション・アシュバのオーナーに、ブルグイユのロゼが二本も忍び込ませてある。

長野の冬季オリンピックが終わってからすでに二〇年の月日が流れた。オリンピックの興奮が去ったのと、日本経済のバブルの崩壊とに翻弄されて、いっときは華やかだったペンション村も火が消えたようだという噂は希伊子の耳にも伝わってきていた。希伊子もこの時代を生きるのに必死だった。後ろを振り返る余裕がなかった。

先週の土曜日、意を決して標高千五百メートルの信州の高原にあるペンション・アシュバをネットで検索した。希伊子の心配は杞憂だったのか、ネット上では、ペンション・アシュバは健在だった。最初の出会いのことも思い出された。そうだ。不意打ちをして驚かそう。訪ねよう！　決心がつくと居ても立ってもいられなくなった。

山の方からクリーニング屋の軽自動車が走ってきた。少し速度を落として希伊子の方を珍しそうに見た。ああ、あの時の洗濯屋のお兄ちゃん！　と一瞬思ったが、そんなわけはない。希伊子が五十代なら、あの時のお兄ちゃんだって初老のはずだ。車はカーブを曲がって瞬く間に消えてしまった。気を取り直して辺りを見まわすと、あった！　あった！　眼を遊ばせる限り一面に広がっている白樺の林の中に、何本かの山桜が存在を主張している。あの時の山桜に違いない。あと四、五日で一斉に開花しそうな勢いが、希伊子に迫ってくる。それにしてもこんなに大木になってしまっているとは！

アシュバの入り口に立った時、彼女は一瞬戸惑った。あれっと思った。門柱の役目も兼ねていた馬の顔の郵便受けは、目元がしょぼついて大きな歯の周りには皺が浮き出し、全体に黝ずんでいる。うん？　そんなことってあり？　建物も一回り小さくなって馬の顔同様、全体に黒っぽく沈んでいる。でも、入り口近くの外壁にぶら下がっている大きな寒暖計には見覚えがあった。何でもソビエト連邦の時代に〝さる人〟からプレゼントされたもので、零下三〇度とか四〇度まで測れる代物だと、オーナーの文太が自慢していた、あの寒暖計がまだ健在なのだ。ならば、大丈夫と自信を持って「こんちはー」。洗濯屋のお兄ちゃんのような掛け声を出して、二重構造になっている重い扉に手をかけて、力いっぱい引いた。左手の台に大きな土鈴が置いてある。思いっきり振る。ぷるぷるっと犬が首を振りながら立ち上がったのが目に入ったのと同時に、女性がロビーの頑丈なガラス戸を開けた。忘れもしない三重さんの顔。

太い柱が目に飛び込んできた。見覚えのあるテーブル。オーナーの文太はストーブの前で新聞を読んでいた。あの薪ストーブだ。オーストラリアから取り寄せるなんて、そんな贅沢はまだまだ許されないわよと、三重がなかなか承知しなかったのを、文太が強引に口説き落として手に入れた思い入れの強い薪ストーブ。あの時のように朱の炎と青い炎が絡まりあって、女体のように揺らめいている。ロビーの左奥の一段低くなっている十畳ほどの掘り炬燵の部屋。そこは二面に低い本棚がしつらえてあり、アップリケをほどこした大きなクッションが以前どおり何個もさりげなく置いてある。あのクッションに頭をうずめての午睡のひと時。一瞬、刻が三十年ほど、巻き戻った。

「希伊子じゃないか。ああ、驚いた。うたたねしていて寝ぼけたのかと思ったよ」

「悪い夢を見た。なんて一瞬、思ったんじゃあないの」

「そんな、そんな。生きているとこういう事もあるんだ！　なんて、柄にもなく神様に頭を下げたくなったよ」

「ほんとう。私も実は夢を見ているような気分よ」

「希伊子、変わんねえな。よし。今夜は三人で飲もう。あの時のようにな。どうせ、客はいないしな」

客のいないのは見ればわかる。純白の中型犬が、文太に体重を預けるようにして、じっと聞き耳を立てている。

アレッ、文太の分身のようだった秋田犬の〝ムク〟がいない。希伊子の問いかけるような目に文太はすぐ反応した。うん。ムクはね、僕の弾くピアノを聞きながら静かに、静かにね、天寿を全うしたよ。ムクがいての高原暮らしだったんだけれど……。ほら、炬燵部屋の窓から見えるちょっと斜面になっているところに眠っているよ。シンとした顔で文太は説明した。犬の寿命を考えれば当然のことだけれど、ムクのいないアシュバのことを、希伊子は想像していなかった。

文太に体重を預けるようにもたれ掛かっているムクと同じぐらいの中型犬を、二人がユキ、ユキと呼んでいる。ユキも秋田犬？　と訊くと、いや、これは紀州犬。もう四年になるかな。こいつも実に面白いよ。ムクは外にある自分の小屋が吾輩の城だと心得ていて、僕たちの生活とは確然と区別していたけれど、ユキは完全に僕たちの生活圏の中で暮らしているんだよ。昼間はずっとこのロビーにいるし、夜八時になると、さっさと僕たちの部屋に入って寝てしまうんだ。こいつはね、人間の言葉を完全に理解しているんだ。ユキに関してさらに言葉を継ごうとしている文太を三重がさりげなく制して、希伊子さんの一番好きな部屋、あの部屋、使ってよ。その前にお風呂に入る？　そしてひと眠りした方がいいわよ。文太も「そうだ、それがいい。そうして今晩は三人で飲もうよ」

その言葉に希伊子はリュックの中に入れてきたものを思い出した。見て！　この懐かしいスタイルの瓶を。と言いながら、ブルグイユのロゼワインを取り出した。おっ、決まりだな。羊のチーズもアシュバ特製のハムもあるよ。希伊子は知らねえだろう。地下にワイナリーを作ったんだぜ。

夏でもビールはそこに入れておけば、冷蔵庫なんかに入れなくてもちょうど頃合いに冷えるんだよ。三重はね、いまだにね、あそこを「アナグラ」としか言わないけれど、どうして、どうして、立派なものさ。あとで案内するよ。またまた、話が長引きそうなのを、三重は上手にさえぎりながら希伊子に部屋へ行くように促した。

十室ある客室はすべて二階にある。五人部屋が一室。あとは三人と二人の部屋になっていて、満室だと二十九名収容できる。希伊子のお気に入りの部屋の窓からは、北アルプス連峰が真正面に見える。右手の立山連峰に始まって、正面は白馬三山、左へ五龍、鹿島槍、爺、蓮華、穂高連山と続く。今は雲に覆われて見えないけれど、明日の朝が楽しみだ。そっとカーテンをひいてベッドに横になった。

希伊子とアシュバとの最初の出会いは、二十数年前、いやそれよりもまだもっと前に遡る。スキーのシーズン中は、文太も三重もベッドに横になる余裕もない日が三カ月余も続く。一年の六割はこの時期に稼いでおかなければ、シーズンオフに銀行の返済もできない。この冬のスキーシーズンが終わって二人共、体力の限界という状態で、泥の如く眠るつもりのところに、希伊子が濡れ猫のようにおどおどと入り口に立った。もちろん予約などしていない。シーズンが終わったとはいえ、高原にはまだ雪が残っている季節だ。二人は断るつもりだったが、三重はとっさに希伊子を中に導いていた。文太はそのまま寝てしまったが、その夜、希伊子と三重はどんな会話を交わしたのだろうか。とにかく希伊子は生きる気力を取り戻した。

希伊子は母一人、娘一人の家庭で、その後、アシュバと希伊子母娘との交流が生まれ、希伊子は美大を卒業するまで、スキーシーズンと真夏の一ヶ月は、ここでアルバイトをするようになった。色んなことがあったなあと思い出に耽っているうちに、希伊子はぐっすり眠ってしまったらしい。ふっと目が覚めると、すっかり暗くなっていた。慌てて下へ降りていくと、文太が、やっぱり客室にインターホンをつけた方がいいかなって、三重と話していたのさ。とにやにやしながら言った。


「気になっていたんだけど、このロビー少し狭くなったような気がするの」

「それは、希伊子がでっかくなったからだよ」

「うっそ。私って、体型の変わらないのが唯一の取り柄なのにー」

「冗談！ 冗談！ あの頃とちっとも変っていないよ。ところで今、どうしているの？ 母さんは元気にしている？」

三重が、あなたー。三人だけの今宵の春なんでしょう。ゆっくり、いろいろ話しながら飲みましょうよ。希伊子さんのワインは、もうちょっとあとで開けましょうね。バカ言うな。最初に開けてこそ、価値があるってもんだ。などと小競り合いをしながら、ワインはすぐ空になり、文太は、ご自慢の地下のワイナリーから曰くつきのワインや日本酒を出してきた。もちろん、羊のチーズも桜のおがくずで燻し焼きしたというアシュバ特製のハムも。しかし、何と言っても嬉しかったのは蕗の薹や、うどなど山菜が日本酒のおつまみにと、食卓に並んだことだった。

文太がぼやいた。アシュバさんは金がないから、客に庭の雑草を食わせて金をとっているなんて言いふらした奴がいてさ。でも、そんな連中も経営が成り立たなくなって山を下りてしまったよ。もっとも、俺たちもそろそろ年だし、買い手さえついたら下界へ下りようか、なんてことも真剣に検討したよな。買い手もつかず、ぐずぐずしているうちに夏になるだろう。夏はここは天国だからね。ああ、ここを離れるのは止めた！　なんて思っているうちにこの年になってしまった。だけどさ、今は僕の可愛がっていた何人かの音大生が一人前になって、家族や後輩を連れて来てくれるのさ。ここには楽器も揃っているし、自前の楽器を車に積んでくる奴もいるし、楽しいぜ。右隣も左隣も空きペンションになってしまって、もう、周囲に遠慮しなくても、夏なんかほら、そこの白樺の中にまで出て演奏するんだ。贅沢な最高の野外演奏だよ。つくづく生きていて良かった。間違いなく生涯で今が一番幸せだと思う瞬間さ。「生きていて良かった」が、単なる言葉遊びでなく、どんなにその裏に切実な思いが隠されているのか、希伊子は知っていた。

「わかった。お部屋が小さく感じたのは、このドラムのセットのせいなんだ。これがフルセットなのね。美しいわねー。私、こんな風にして見るの初めてよ。音楽会に行っても、いつも客席からぼんやり見ているだけじゃないの。フルセットって、こんな風になっているんだ」

「まだ、これは初心者からせいぜい中級者向けのものなんだよ。三重にはこれでも精いっぱいらしいけど」

「えっ。三重さん、叩くの？　えっ、本当？」

「明日はね、月に三回の練習日の日、そう、先生が来て下さるの。もう、何年続いているかしらねえ。ねえ、あなたー、私何年ぐらいになるかしら。ファンだっているのよね」

「おい、おい、図に乗るんじゃあねえよ」

「だって本当なんだもの」

ロビーには長野オリンピックの時に、選手として来ていたモナコの王子と友情の証しにと、文太と交換したのだというスキー帽が飾ってある。一行と一緒の写真も引き伸ばしてあった。かと思うと、希伊子も名前と顔ぐらい知っているチェリストのM嬢が、「馬の郵便受け」の横でにっこり笑って立っている写真がある。

「えっ、これは？」

「うん。泊まってはいかなかったけれど、昔っからのリピーターが、こんな変なペンションがあるよ、って一緒に来てさ。ところが不思議なんだよな。もう亡くなって十数年経つけれど、M嬢の無名の頃からの後援会長だったK氏は、ここに泊まったことがあるんだよって、言ったらびっくりしてねえ。ところで、希伊子は今何をしているの？　子どもはいるの？」

「ああ、びっくりした。急に矛先をこっちに向けるんですもの。娘が一人。でも、もう家を出て子どももいるのよ。つまり、私の孫ね。私は今は母と二人なの。母も八十を過ぎたのよ。母にはずいぶん苦労も掛けたし、心配もさせたけれど、小父さんのセリフとるわけじゃあないけれど、今が一番幸せって、言ってくれるの。えっ、私？　銀座でと言いたいところだけれど東京の片隅のまた片隅でね、画廊喫茶やっているの。そう、亭主に急に先立たれちゃってから、私にもできることって考えてね。でも小さいのよ。坂道だし、気がつかないで通り過ぎちゃうぐらい。店に絵を飾ったり、陶芸品を置いたり、写真の時もあるし、石、どこそこの海岸の石とかね、そんなもの、一応即売という形で置いているの。イタリアの海岸で拾った石を並べておいたら、指輪を作るんだって買っていった人もいたわ。アシュバにも来たことのある美大時代の連中も、何かと立ち寄ってくれたりしてね」

「そうだ。その美大で思い出したよ。明日はドン・キホーテじゃなくって、ほらほら、セバスチャンじゃあなくって、何だったっけ、そうそう、作者のセルバンティスの命日で……」文太が言い終わらないうちに三重が、

「思い出したわ。ほら、スペインに逃げ出しちゃった隣のペンションの「ドンキー」さんが、セバスチャンの命日だからって、えっ？　セルバンティス？　どっちでも同じよ。赤いバラを一輪贈るとか、カタルーニャの「本の日」だからとかって、私に本をプレゼントして下さったのよね。どの本だったかな。その炬燵の部屋の本棚にあるはずよ」

「もうっー、三重ったら。そりゃそうかもしれないけれど、僕の言いたいことは別だったの。いいところだったのにー。つまりね、希伊子にとっては忘れられない日って、いうことなんだよね。

と言ってもいいのかな」
「気が付かれちゃったか。まったくー。小父さんの記憶力って神業なんだからー。私の初恋の人の命日とセルバンティスの命日と、かぶっているなんて知っている人、世の中広しといえども、ひとーりもいないはずよ。何も言わないで、私一人の胸にしまっておいて、小父さんたちとワインを楽しんで、帰ろうと企んでいたんだけどな。それに娘も高齢のおばあちゃまの世話は二、三日が限度だし。でもね、母さんね、曾孫と一緒に過ごせるなんて夢のようだって喜んでいるの」

快い目覚めだった。急いでカーテンを引く。花曇りで北アルプスはすっぽり隠れている。文太が、この季節に白馬や穂高がくっきり見えるなんて、奇跡みたいなもんさ。ユキの散歩に付き合うかい、と誘ってくれたので、夢にまで見ることもある懐かしいダボスの丘に行った。帰ってきたら三重の作ってくれたオムレツと高原の野菜サラダが並んでいる。テーブルに着くと素早く文太の手で、熱いスープがたっぷり入った平たいマグカップが出た。この朝のスープはアシュバ特製で文太が前夜から仕込んだものなのだ。ああ、このスープ。感動していると文太の小鼻が、どうだい？　という風にピクピク動いている。三十数年前とちっとも変わっていない。因みにコーヒーもいまだに、三重には淹れさせない。このロビーでピアノを弾こうが、チェロを弾こうが、ボヤーっとしていようが、読書に耽っていようが、コーヒーは飲み放題だ。庭の雑草を客に食わせたなどと悪口を言われている時から、ずっと飲み放題だった。

一緒に散歩をして気を許したのか、ユキが思いっきり体重を希伊子に預けてペロッと手をなめた。久しぶりに高原を犬と走ったので、午後は静かに本を読むつもりで部屋に戻った。もしも連峰がくっきりと姿を見せれば、すぐ気が付く場所に椅子を移す。と、昨夜の文太と三重の会話が頭によみがえった。

　二人が九十歳と八十歳の夫婦だということに改めて驚いた。文太が九十歳なのではない。三重が九十歳なのだ。そういえば、ここでアルバイトをしていた頃、そんな年齢の差を聞いたような気がする。でも、その頃の希伊子にとって、四十代も五十代も六十代も想像のつかない年輩者で、どっちがどっちでも気にも留めていなかった。しかし、九十歳の女性ドラマーとなれば、他人に勇気を与えても不思議ではない。不意にドラムを叩く音がした。そうだ、今日は三重さんの稽古日なのだ。再び昨日の会話がよみがえる。

　ファンがいるというのは嘘ではなかった。ここ、四、五年、クリスマス前後には山を下りた辺りにある老人施設で歌も交えた慰問の演奏会をするのだそうだ。一か所ではない。赤い花模様のシャツを着て汗を流してのドラマー三重への声援が一番凄いのだという。「来年も元気で来てねー」。「待ってるからねー」と。慰問してもらっている人より三重の方が年上なのだ。それが評判になって、昨年の暮れは年末のチャリティーのダンスパーテイに奏者として招《よ》ばれたとか。この人はねと、三重はちょっと文太の方を見ながら、私がリズムをはずすとちらっと見るの。冷たい視線でね。三重がドラムを叩くときは、ピアノの伴奏は必ず文太が受け持つのだそうだ。いいのよ。私のリズムが外れたかどうか何て、どうってことないの。心と勢いよ。生命力よ。

「ハハハ。三重の世界にはメトロノームというものが存在していないいんだよ」

憎まれ口をききながらも二人の世界は完結しているようだった。

市民税もちゃんと払ってるのに、心臓が止まっても、脳の血管が破れても、雪かき中に雪の下敷きになっても、救急車が来るまで、一時間待ってってかい。そりゃあ無理だよ。年齢に不足はないとはいうものの、ここの生活は死と隣り合わせなのさ。実は万一の時の後始末は正式に依頼してあるんだ。〝お骨〟の落ち着き場所もね、善光寺さんの共同墓地に手続きをしてあるんだよ。僕はドイツの楽器職人の弟子になりそこなって日本の大学の法科を出たんだからね。その辺にぬかりはないよ。ただ、場合によっては二、三日気付かれないかもしれないけれど。それとユキのことだなあ。ユキ！　最悪の場合、お前は自殺しろ。お前ならできるよな。ユキはその時、文太の肩に前足を乗せてベローツと顔を舐めた。そして、さっさと二人の寝室へ消えてしまつた。時計の針はちょうど八時を指していた。

ドドドン、ティーン、ドドドド、チャーン、レッスンは続いている。

ふふ、こういうところかな、文太さんが白い視線を流すのは。ジャーン、ティン、ドドドドド。

ふふふ、いいぞ、いいぞー、メトロノームなんか捨てちまえー。

テ・テ・テ

初出

「境界に立つ」（旧タイトル・「彷徨うハリケーン」）『静岡近代文学 26号』二〇一一年
「雨やどり」『静岡近代文学 20号』二〇〇八年
「クンショウ」『NESTの会』二〇一四年
「流されて」（旧タイトル・「流れに佇つ」）『静岡近代文学 85号』二〇一五年
「余白のペンション」『文芸静岡 88号』二〇一八年

あとがき

作家・阿部昭は海軍司令官だった父親のことを書いた名作を残した。私の父親も阿部昭の父親とほとんど同期で、第二次世界大戦の折、駆逐艦隊の司令官だったが、戦争末期に艦隊もろとも南の海に沈んでしまった。父の乗っていた旗艦は轟沈という完ぺきな敗北だった。残された私どもは、父に関して姉や妹と数少ない甘い思い出を、ときどき語り合うしかない。

母親は女学校への通学はもとより、当時としては珍しい女子テニスも、袴でコートに出たという大正時代の女学生の頃から、わが夫のことを短歌に託した二冊の歌集を残して、夫より四十年も長生きして旅立った。

今般、思いがけず、多分、最後となる小説集を出版するという運びになった。つい欲が出て、あれもこれも載せたいという心境から、だんだん落ち着いてきたら、そうだ、私にしか書けない戦後のことを、私の知る限りの歴史的な事実を、小説を通して残しておきたいと気持ちが定まった。甘ったるいものはすべて捨てた。私を応援しつつ、一足先に旅立った夫・竹内英雄にも納得してもらえそうな本ができて嬉しい。

私のわがままな考えを受け入れつつ、出版まで持っていってくださった羽衣出版の松原正明代表に、改めて心よりお礼を申し上げます。
二〇二四年の夏、熱帯夜と化した地球の片隅で、わが子、孫、曾孫が、永遠の平和から見放されないことを祈りつつ。

竹内凱子

〈著者紹介〉

竹内凱子（たけうち よしこ）

1933 年、兵庫県伊丹市生まれ。
生後、一年で横須賀市へ。
以後、呉市、静岡市、浦和市、横浜市、東京都等々。
現住所　静岡市葵区北安東２- ９-10

著書　『流木を詩う』（菁柿堂)、『鈴が鳴る』（菁柿堂)、『青氷』（菁柿堂)、『静岡県の作家たち』(共著・静岡新聞社)、『近現代日本女性人名事典』(共著・ドメス出版)。

雨やどり

令和六年九月二十一日　初版発行
定価　本体一五〇〇円＋税

著　者　竹内　凱子
発行人　松原　正明
発　行　羽衣出版
〒四二二—八〇三四
静岡市駿河区高松三二三三番地
TEL〇五四・二三八・二〇六一
FAX〇五四・二三七・九三八〇
印刷・製本　(株) 渋谷文泉閣

ISBN978-4-907118-83-9　C0093 ¥1500E